AF507395

Juan Ortiz García

Trinos y otras soledades

Ediciones del Palmar

Segunda edición: Julio 2019
C Juan Ortiz García
C Ediciones del Palmar

ISBN 9789942144119

Ediciones del Palmar
Email: juanortizjuan@yahoo.com
Twitter: @juanortizgarci

"Las cosas, aparte de la apariencia,
¿tendrán alguna realidad?"
Chesterton

"El laberinto es la antítesis del espiral."
Pedro Mayalde

"Lo que se ve es transitorio; lo que no se ve   es eterno."
San Pablo

"El violonchelo sufre más que el violín."
Amado Nervo

"La realidad se disfrazaba de su contrario."
Pavese

1

Uno de esos días, al regresar por la tarde a mi departamento, observé que un pájaro estaba atrapado dentro de la superficie transparente del cristal de mi ventana. Sentí miedo y perplejidad; no sabía qué pasaba. Me acerqué muy lentamente, y a cierta distancia de la ventana pude ver que el ave respiraba con dificultad, abría y cerraba su pico con angustia, pestañeaba sin descanso, desesperada, y giraba sus ojos hacia todos lados, sin duda sorprendida y aterrada de hallarse en esa situación.

El pájaro no podía moverse dentro del vidrio, unas cadenas invisibles lo sujetaban. Las pequeñas y delicadas plumas de su pecho y de su vientre contrastaban con el vigoroso plumaje de sus alas extendidas. En la cola tenía unas pocas plumas largas y despeinadas. Sin acercarme mucho a la ventana y casi sin moverme para no asustarlo más, me preguntaba ¿cómo pudo suceder que el pájaro hubiese entrado en el vidrio y que al hacerlo no lo hubiese roto ni resquebrajado? ¿Cómo era posible que el pájaro no pareciera estar destrozado o, al menos, lastimado? ¿Cómo era posible que no se viera rastro alguno de un orificio o grieta por donde pudo haber entrado? ¿Cómo podía suceder que cupiera en el mínimo espesor del vidrio sin que su cuerpo estuviera aplanado como una hoja de papel, pues se veía abultado y rechoncho como cualquier ave pechugona?

Mi fascinación se desbordaba. Si bien en mi vida me habían ocurrido muchas cosas sorprendentes e inexplicables, esta era de lejos la más extraordinaria. Incrédulo de lo que veía, me preguntaba ¿de qué modo misterioso la fría dureza del cristal abrió sus puertas para permitir que el ave penetrara? ¿Tal vez el vidrio transmutó momentáneamente su estado de sólido a etéreo? ¿O tal vez el pájaro, como si fuese un dibujo borroneado, se difuminó hasta perder sus contornos y esa incertidumbre de sus límites le permitió penetrar el vidrio? ¿O, quizás, habría experimentado una suerte de incorporeidad temporal que le permitió de un momento a otro hallarse dentro del vidrio? ¿O, acaso, el ave soñaba que estaba metida dentro del vidrio y yo presenciaba el sueño del ave? ¿O tal vez era yo el que soñaba?

La expresión del ave reflejaba un gran desconcierto. Su pequeño cerebro o su milenario instinto no se explicaban por qué se hallaba dentro de esa fría transparencia y cómo ocurrió que el vidrio, de manera insólita y repentina, se tornó permeable y le permitió penetrar en sus dominios como si fuese el agua. Porque en otras ocasiones de su vida el agua le había demostrado la posibilidad de penetrar en ella, aletear, sumergirse, nadar, sentir frío y salir volando luego de sacudirse. Pero la superficie del vidrio era dura, no blanda y amigable como el agua. Un haz de luz o un rayo de sol podían penetrar el cristal e inclusive traspasarlo de un lado a otro, pero él no podía hacerlo ya que era un pájaro recubierto de plumas, con cabeza, pico, alas, patas y cola, y por eso no entendía lo que pasaba. El incesante y presuroso latir de su corazón reflejaba también lo espantado y sorprendido que estaba al sentirse atrapado e inmovilizado por algo que no veía, pues la diafanidad del cristal tornaba imperceptibles sus grilletes pese a sus ojos escrutadores de atento pajarraco.

Mientras yo lo observaba, pensaba que tal vez el ave estuvo volando, como acostumbraba, y no se percató de la presencia del vidrio; que quizás la luz de ese atardecer tornó completamente transparente al cristal y no lo reflejó de modo alguno; que tal vez el ave picoteó el vidrio con curiosidad y que de súbita manera este cedió ante su apremio. Pero, ¿cómo pudo suceder?

Inmovilizado, con el pico abierto, con el entrecejo arrugado, miraba para un lado y para otro mientras pestañeaba. Sus alas extendidas, sus patas estiradas, sus plumas erizadas, todo en él expresaba su confusión. Si no estuviese paralizada, el ave habría volado donde siempre, en el espacio ilimitado del planeta, en la vastedad del aire, de aquí para allá, de rama en rama, del techo a la terraza, del balcón a la vereda, del bebedero a la cornisa, del jardín al arbusto, libremente por el aire; por eso le resultaba incomprensible hallarse ahora preso en ese sitio glacial, inflexible, en ese aire traicionero, que, sin previo aviso, cambió las reglas del juego, que trocó su usual inconsistencia por esa rigidez inaudita. En pleno disfrute de su vuelo, en pleno ejercicio de su pájara rutina, sin más preocupación en su buche que procurarse unas migas de pan, una semilla perdida, una lombriz distraída, de repente y sin que hubiese precedentes, de forma inconsecuente y arbitraria, el aire había cambiado su acostumbrada y sutil levedad por ese estado sólido en que ahora se hallaba. El pájaro sentía que el aire había sido desleal, no solamente con él, plumífero al fin y al cabo, fácil sujeto de engaño, sino consigo mismo, pues había desertado de su eternidad, de su esencia inmaterial y sin límites, de su ubicuidad, de su ser espacio libre e infinito.

Inmerso en el disfrute de mi asombro, en la deliciosa dicha que procura el sorprenderse, en el placer de saberme boquiabierto ante un suceso excepcional, imaginaba la trayectoria que habría seguido el pájaro hasta mi ventana. Con mi brazo extendido trazaba en el aire su ruta de vuelo. Una y otra vez apuntaba hacia el cielo y dibujaba la línea imaginaria del trayecto. Tal vez venía de aquel ciprés, o tal vez de más acá, desde la cumbre de ese muro, o quizás venía de aquella canaleta; lo cierto era que el pájaro estaba sumergido en el vidrio como si fuera una traviesa burbuja emplumada.

En esas cavilaciones me hallaba cuando el viento despertó un amasijo de polvo y pelusas que se alzó por los aires y fue a esconderse entre las estanterías de mis libros. Acerqué una silla para buscarlo entre los tomos de más arriba, por allí, entre Dostoievski y Edgar Allan Poe, pero no hallé rastro alguno. Busqué entre Pessoa y Saramago, pero tampoco. Fui más allá, hasta Márai. Nada. Bueno, me dije, ya aparecerá por algún lado.

Tras encaminarme hasta la cocina y dejar la cafetera sobre el fuego, retorné a la ventana. Ahí estaba el pájaro. Mi estupor era inabarcable. Con la boca entreabierta y mis pelos desordenados, torcía la cabeza hacia uno y otro lado para observar al ave en el vidrio. Palpitaba dentro del cristal. Su expresión de angustia y unas pequeñas plumas desprendidas evidenciaban su afán de librarse de sus ataduras invisibles. Palpé el vidrio con mi dedo índice, justo donde el ave se hallaba. Sentí su tibieza y su leve temblor. Agucé el oído: resonaba su corazón. Un leve latido repicaba aunque parecía venir de otro lado. Claro, me dije, es el café que ya está listo.

Con la taza de café entre mis manos, caminé hasta mi mesa de trabajo donde escribo esta historia. Desde allí miraba al pájaro, sin todavía salir de mi extrañeza. Decidí no hacer nada y simplemente ver qué ocurría. Me acompañaba, me divertía. Me desconcertaba y, por eso mismo, me deleitaba como un juguete nuevo.

2

Otros sucesos que ocurrieron mientras escribía esta historia también pueden ser calificados con una sola palabra: insólitos. Los escritores recurrimos con frecuencia al diccionario para encontrar el término que más se ajusta a lo que queremos decir. El de María Moliner define así aquella expresión: "Se aplica a lo que ocurre rara vez".

Hay hechos extraordinarios que sólo permiten ser desvelados por algunos espíritus sensibles y, por extraño que parezca, se manifiestan de manera caprichosa: se insinúan en la indescifrable trigonometría de los sueños, se esconden en el tímido palpitar de los rescoldos, aguardan dormidos en el fondo oscuro y silencioso de los escondrijos, bullen y regurgitan dentro de nuestro insondable laberinto.

Estas manifestaciones inusuales de la realidad pueden ser apreciadas únicamente desde la perspectiva -maravillosa, trascendente y sublime- del asombro. Sin esta disposición del espíritu, que nace de afrontar lo cotidiano con curiosidad, con duda y perplejidad, no es posible vislumbrar, menos aún alcanzar, lo extraordinario.

Antes de contar esta historia debo aclarar que no por inconcebibles los sucesos ocurridos dejan de ser verdaderos. Varios escritores han vivido experiencias insólitas durante el proceso de plasmar sus obras. Algunos han sabido, con humor, aceptarlas. Otros, perturbados por la perplejidad, han sucumbido a la locura ahogados en sus delirios.

Lo que sucedió durante el tiempo en que escribía este relato no solamente es desconcertante, sino que escapa de todo pensamiento racional. Debo confesar que no es la primera vez que algo así me sucede. Cuando escribía mi tercera novela (*Emana la luz*) ocurrió que un personaje no se dejaba escribir. Se rebeló. Concretamente, no quería que le diera unas determinadas características -que, obviamente, no le gustaban- sino otras muy distintas. Acepté su reclamo y reformulé su perfil -lo hice más sabio y ecuánime-; entonces se mostró satisfecho y permitió que lo escribiese sin más susceptibilidades.

Debo decir que además de escribir doy clases en la Facultad de Letras de la Universidad de Buenos Aires; enseño literatura latinoamericana desde hace catorce años. Llevo los mismos nombres y apellidos que mi padre y que mi abuelo paterno, Pedro Mayalde, y vivo solo, en la esquina de Esmeralda y Arenales, en un pequeño departamento con vista a la plaza San Martín.

Ahora sí, sin más preámbulos ni disquisiciones, comienzo a contar esta historia.

3

En cuanto entró a su casa, Manuel Gandía fue a buscar ese papelito donde había apuntado la palabra que definía con precisión lo que sintió minutos antes. "*Waldeinsamkeit*: el sentimiento experimentado mientras, uno solo en el bosque, se conecta con la naturaleza." Pensativo, mientras trataba de reconstruir aquello que había percibido de manera tan vívida, se distrajo al mirar por la ventana cómo los edificios se extendían hasta el horizonte de su mirada.

Había tenido un día atroz. Catorce caries, igual número de calzas, tres extracciones y, además, le dolía el estómago. No se explicaba por qué, si a la hora del almuerzo solamente había comido tres milanesas, una montaña de papas fritas y dos Coca-Colas. Iba a su consultorio dental a diario y ese día, antes de ir a su casa, decidió dar un largo paseo por los bosques de Palermo. Allí, mientras caminaba, sintió que él también, como los árboles, como las plantas, como las flores, era una expresión más de la naturaleza, y que el contacto con ella le proporcionaba una experiencia espiritual que lo aunaba con su más íntima esencia y, además, le aportaba una fresca y renovada paz que le alegraba el alma. Tuvo esa sensación durante todo su trayecto, pero sobre todo cuando caminaba bajo las ramas de los sauces, donde se refugian las sombras.

Dejó el papelito sobre la mesa de la sala, caminó hasta su habitación, se sacó toda su ropa y ya en el baño se dio un rápido duchazo. Luego se puso ropa limpia y cómoda, pues, como acostumbraba, iría a cantar al coro "Domenico Gaetano Maria Donizetti". El canto era su pasión, lo había sido desde siempre. De niño divisaba maravillado los haces de luz de colores que surgían de las notas musicales. Jugaba con ellos mientras canturreaba alegremente. Sus padres observaban, asombrados, cómo el pequeño dibujaba mariposas en el aire mientras decía que eran las luces de colores que flotaban cuando la música sonaba.

Años más tarde, en el colegio, comenzó a estudiar música; sus maestros descubrieron, maravillados, que a más de su voz prodigiosa, tenía oído absoluto, podía diferenciar cada una de las notas de cualquier melodía. No podían creer cuando Manuel reemplazaba, sin error alguno, las letras de las canciones por sus correspondientes notas musicales. Le alentaron a estudiar música, a cantar, a tocar un instrumento. A él le gustaba cantar. Decidió acompañar su voz dulce y melodiosa con el piano, que él mismo interpretaría. Estudió con una profesora de largos dedos, mal aliento y pésimo carácter. Pronto, como era de esperarse, dejó el piano y se dedicó solamente a cantar. Tras superar los cacareos de la adolescencia, su *voz* adquirió el timbre límpido, cristalino, grave y profundo del barítono.

Manuel salió de su departamento, bajó en el ascensor, y en cuanto puso un pie fuera del edificio donde vivía, se dio cuenta de que había anochecido más temprano que los días anteriores. El viento fresco y húmedo del otoño golpeó su cara. Sin levantar sus ojos al cielo, sintió que un cúmulo de nubes gordas y grises lo envolvía. En cualquier minuto comenzaría a llover. Mientras conducía su auto, canturreaba un aria de Schubert que esa noche ensayaría con el coro.

Al llegar y abrir la puerta escuchó, como era usual, los múltiples y desordenados canturreos de sus compañeros. Cada cual por su lado ensayaba una parte de la melodía. Le bastaba con oír esa disparatada polifonía para sentir una exorbitante alegría. Saludó a varios conforme a la usanza del grupo: una mirada, un levantón de cejas y una rápida sonrisa, todo a la vez. Él y sus colegas del coro estaban unidos con el mismo propósito, cantar, y tan sólo esa idea los colmaba de alborozo. Al llegar la hora todos se alinearon con la vista fija en el director y empezaron a entonar sus voces. Todas juntas conformaban una sola melodía. Cuando la amalgama de diferentes timbres y tonalidades enhebraba un solo canto exuberante y multicolor, Manuel, inmerso en el grupo, fundía su individualidad en los otros, dejaba de ser *yo* para formar un todo único e indivisible. Ese era el momento supremo, el de mayor felicidad, el que más alegre placidez le proporcionaba.

Unas horas más tarde llegó a su departamento. Sin encender la luz se detuvo unos instantes a percibir la oscuridad. Ahí estaba, instalada entre sus cuatro paredes. Titilaba silenciosa, expectante.

4

Lo primero que hacía al levantarme por las mañanas era ir hasta mi ventana a observar al pájaro infiltrado en el vidrio. Ahí estaba, parecía un insecto sumergido en un ámbar, sorprendido ante una gota melosa que lo había atrapado para siempre con todo y el tiempo en que vivía. Recordé el caso del mamut siberiano prisionero desde la prehistoria en un pedazo de hielo que lo llevó a la eternidad. Me imaginaba que si no estuviera atrapada en el cristal de mi ventana, el ave se habría despertado temprano, como todos los días, antes del alba. Tal vez habría escuchado el lejano canto de los gallos, o quizás se habría despertado en forma natural, impensada, porque durante siglos su especie lo hacía antes del amanecer, y él, como buen pájaro, llevaba en su esencia aquello -¿instinto?, ¿reflejo?- que ocasionaba que siempre -en ese hoy eterno en que transcurre su tiempo- abriera los ojos antes de que saliera el sol. Y esto ocurría en todos los confines del mundo y seguramente ocurrió desde que los primeros bichos alados y emplumados fueron finalmente pájaros, cuando culminó su evolución de dinosaurios a las aves que hoy habitan este planeta azul. Por lo demás, ¿qué hacía que todas las aves del mundo entero se pusiesen a cantar durante los minutos en que transcurre el alba? ¿Y qué hacía que todas las aves del mundo se pusiesen a cantar durante los minutos en que transcurre el atardecer?

Tras rascarme la nuca, pensé que el pájaro, una vez despierto y una vez que habría cantado como corresponde a su naturaleza, se habría sacado un piojo de entre sus plumas; se habría desperezado y estirado cada una de sus patas; habría movido varias veces su cola para un lado y para otro; habría mirado desde su rama el paisaje que tenía frente a sus ojos y decidido dar su primer salto al vacío y comenzar su día. Pero el ave no cumplió su rutina por hallarse atrapado en el vidrio. Carente de libertad, el pájaro no podía cumplir con su destino, como lo hubiese hecho si fuera un día como cualquier otro, un día en que amanece, avanza la mañana, resplandece el mediodía, transcurre la tarde y anochece. El ave no sabe del hoy ni del ayer, no tiene consciencia del mañana; tan sólo vive en su particular certeza de su naturaleza de ave, inmersa en la cuasi certidumbre del instante mismo en que transcurre esa misma partícula de tiempo, encerrada en ese gerundio infinito en que se desarrolla su existencia, pues el ave está viviendo, picoteando, cantando, saltando, volando, mirando, etcétera, ya que para ella no cabe el pretérito perfecto -volé-, ni el imperfecto -volaba-, ni el presente, pretérito o futuro del subjuntivo -vuele, volara o volare- , menos aún el pluscuamperfecto -el que fuere-, y tampoco el futuro del indicativo -volaré-, aunque tal vez sí el condicional o el imperativo -volaría, ¡vuela, te lo ordeno!- puesto que todo, dentro de su inexistente gramática, se desarrolla en un eterno momento presente que exige entender el mundo en la continua eternidad del gerundio, sin ayeres ni mañanas. En un solo y larguísimo instante que no comienza ni termina, porque así como las aves no tuvieron conciencia de su nacimiento, tampoco tienen noción de su vida, y peor aún de su futura muerte. En fin, tampoco cabe para el ave la noción de la individualidad, yo ave, tú ave, él ave, sino que su existencia debe darse en un "nosotras las aves todas", aunque, me preguntaba, cuando un ave se enamora de otra, ¿no distingue al otro como alguien diferente sino como una prolongación de sí misma? ¿O, tal vez conciba al otro como una manifestación del "nosotras las aves", en que una es la que pisa y donde la pisada -que es la misma que pisó-, es la que pone los huevos? Porque todas las aves de la misma especie son una y la misma, ya que en su mundo no existe el yo sino el nosotros, como era antes, al inicio de los tiempos, en la era de los homínidos, según cuentan los paleontólogos, espeleólogos y antropólogos, cuando vivíamos en las cavernas, adorábamos al fuego, domesticábamos a los lobos y pintábamos bisontes ocres en las negras paredes.

Dejo a un lado mis disquisiciones, por unos minutos, y continúo con la historia.

5

Una noche lluviosa de otoño Manuel Gandía salió de su casa hacia el Teatro Colón. Con frecuencia acudía a las presentaciones de diversos intérpretes de música, sobre todo la clásica. Le gustaba observar a los músicos tocar sus instrumentos, prefería escucharlos en vivo, sin filtros ni afeites, sintiendo el pulso, la transpiración, la pasión que late en cada uno de ellos. Pensaba que esa era la forma más apropiada de sentir a plenitud la geometría de emociones que transmiten los sonidos.

Una vez en el teatro, Manuel se sentó junto a su amigo Barreda, compañero del coro con quien fue a presenciar la función. Escucharían a un quinteto de cuerdas interpretar algunas sonatas de Luigi Boccherini y de Camille Saint-Saëns. El teatro estaba casi lleno, se respiraba la atmósfera de respetuosa expectativa, el sagrado silencio que antecede al rito. Se apagaron las luces y callaron los murmullos. La música comenzó a sonar. Manuel escuchaba con sus ojos cerrados: los violines entonaban un preludio *malinconico*, cargado de amor; sus notas agudas, hirientes, transmitían la emoción del cortejo, la ilusión, la incertidumbre, el beso anhelado.

El violonchelo, con su grave acento admonitorio, advertía a los amantes sobre la agria dulzura del amor, sobre la pena y la gloria que conlleva. Su voz sepia traslucía la imbricada colmena del afecto, la encrucijada que clama por certezas. El lamento, severo aunque amoroso, comenzó a despertar en Manuel un sentimiento que yacía dormido en su corazón: las efímeras dichas de los amores fugaces, los inmarcesibles paraísos de los amores eternos. Entregado a los acordes y a las armonías, sumergido en sus aguas, zarandeado por sus olas, sentía aquello que poco a poco germinaba en el fondo de su ser: la plácida y tierna emoción del abrazo amoroso, la calidez del encuentro, la complicidad de los amantes.

Sin dejar de escuchar cada una de las notas y la melodía toda, como sólo él podía hacerlo, abrió los ojos y vio que en medio de los rayos de luz multicolor que zigzagueaban por los aires, refulgía la figura de Sofía Cattanei, la chelista que esos mismos instantes expresaba sus sentimientos con la voz de su instrumento.

Miró su silueta estilizada, su cuello largo y estirado, la abundancia que brotaba del escote de su negro vestido, la desnudez de sus brazos firmes y delgados, la delicada blancura de su piel. Observó la seguridad con que la chelista corría su mano izquierda por el diapasón, mientras su derecha, sosteniendo el arco, se deslizaba por las cuerdas. Manuel se sentía dichoso, atrapado entre la emoción que le provocaba la voz del chelo y la delicada belleza de la intérprete, la de su figura y la de su espíritu que se materializaba con su música. Sumido en la melodía, entregado plácidamente en sus brazos, el sonido que surgía del violonchelo despertaba en él la nostalgia del amor perdido y el anhelo de volverlo a sentir. Cerró otra vez sus ojos, pero no dejaba de mirarla: ya estaba en su corazón.

(El amor es un milagro que ocurre de repente: en medio de las multitudes late el corazón de quien uno ama sin todavía saberlo; de manera inconsciente esperamos encontrarlo, distinguirlo entre millones de seres humanos, y al hacerlo, al ver la luz refulgente en los ojos del otro, al atisbar ese cómplice brillo, tenemos la fortuna de haber encontrado el tesoro que los dioses reservan para pocos elegidos.)

Luego de la sonata de Boccherini, Sofía interpretó *El Cisne*, del *Carnaval de los animales*, de Camille Saint-Saëns. La sala entera enmudeció al percibir las primeras notas. Con los ojos cerrados y meciendo su cabeza, entregado al sumiso ejercicio de simplemente oír, oír sin pensar, Manuel sentía cómo las voces de los instrumentos se infiltraban nota a nota en lo más recóndito de su torrente vital. Y una vez allí, incorporada, la melodía obraba el prodigio de conmoverlo hasta el extremo. Y eso le ocasionaba el gozo excelso que solamente la música produce.

Manuel abrió los ojos cuando los instrumentos callaron y la audiencia explotó en aplausos. En cuanto salió del teatro, sin perder más tiempo, sin permitir que su encantamiento se difuminara, tomó su teléfono y llamó al Flaco; sabía que él era amigo de la chelista. Sin muchos rodeos le pidió que se la presentara. Acordaron hacer un asado ese fin de semana al que ella sería invitada.

Mientras esperaba que llegase el día, Manuel permanecía inmerso en una eternidad pétrea e inamovible en que el tiempo no pasaba y en que todo era un mar de angustia. Sentado en el sofá de su casa, con sus interminables piernas apoyadas sobre la mesa, sostenía entre sus manos un papelito que contenía una cita que había anotado hace días. La leyó en voz alta: "No somos más que efímeras motas de polvo embebidas en incertidumbres".

En lo más hondo de su laberinto plagado de dudas, pensaba que no tendría la audacia, la gracia y el talento suficientes para conquistarla; sabía que sintiéndose tan enamorado lo más probable era que, llegado el momento, sólo dijera las típicas estupideces que decimos los hombres alucinados por una mujer. Trataba de recordar cómo habían sido sus anteriores conquistas para encontrar en ellas la antorcha que iluminara su camino. Concluyó que en todos los casos fueron ellas quienes lo abordaron y dieron el primer paso. Estaba perdido. Dudaba de sus propias fuerzas. Pensaba, desconsolado, que también fue Eva quien tentó a Adán al ofrecerle su fruto redondo y fresco -como debió tenerlo la primera y única mujer que fue obra divina-.

6

Llevo años viviendo solo, sólo conmigo, conmigo todo el día de arriba para abajo, de allá para acá, por las calles, por los parques, en la universidad, en mi departamento, en mi despensa, en todas partes. Tal vez por ser escritor y permanecer atento todo el día, tal vez por observar, curiosear e inquirir sin descanso, me ocurre que a la hora de dormir me cuesta mucho desconectarme, me cuesta mucho salirme de mí mismo y de mi extenuante vigilia. Y aunque me resulta agobiante estar en continuo contacto conmigo, no me doy un instante de tregua ni siquiera a la hora de dormir, porque cuando sueño -aunque no sea yo, sino otro el que sueña mis sueños- siempre soy el protagonista, siempre soy el personaje principal, siempre soy el que está haciendo algo: soy yo el que corre, soy yo el que pasea, soy yo el que folla, soy yo el que vuela, soy yo quien se cae, soy yo a quien persigue un toro, soy yo el que busca el amor perdido, soy yo el que lo encuentra, soy yo el que otra vez lo pierde en algún lado por alguna idiotez o por algún descuido. Por más que *el que sueña conmigo* sueñe que yo sueño en otra persona, ocurre que eternamente soy yo el personaje activo o pasivo, protagonista o espectador, pero siempre soy yo. Ni siquiera en sueños puedo librarme de mí, olvidarme por ahí sobre un sofá como quien se olvida los lentes en cualquier sitio.

Supongo que *al que sueña conmigo* le pasa lo mismo que dice la mayoría de personas: que le resulta imposible gobernar los sueños, dirigirlos, escoger en qué o en quién soñar, hacer que pasen cosas, intervenir para que suceda esto o aquello. Supongo también que resulta imposible retomar un sueño interrumpido en medio capítulo, porque quien sueña se ha despertado de improviso. Esto es penoso con los sueños agradables y también con las pesadillas. Supongo que en estos *somnus horribilis*, cuando es más fuerte el pánico que se vive que la turbia conciencia de que solamente es un sueño -y además, por si acaso vaya a ser cierto-, quien sueña se despierta en el momento preciso en que lo más terrible está por suceder.

Supongo que *el que sueña conmigo* también entra en pánico al ver que el eterno personaje de sus sueños -es decir, yo- está a punto de ser masacrado por una horda de salvajes, y entonces se despierta aterrorizado ante la eventualidad de que lo asesinen y se quede sin sueños o que, a partir de esa lamentable pérdida, sueñe en vaya a saber quién, y que los nuevos sueños resulten más aburridos que los míos ya conocidos.

Supongo también que *al que sueña conmigo* le pasa lo mismo que a mí, que se queda con la curiosidad de saber qué ocurrió, si en efecto me clavaron el puñal, si me choqué contra el camión y me hice pedazos o si me caí por el precipicio y me maté. Es lamentable que justo quien me sueña se despierte en la parte más emocionante.

No quiero dar la impresión de que soy un tipo raro por esta clase de cosas que me pasan. Creo que a muchas personas también les ocurren similares situaciones pero no les prestan atención. No les dan importancia. No las necesitan, no son la materia prima de su vida, como las ficciones y los sueños lo son para un escritor. Por eso también quiero decir que cumplo con disciplina y responsabilidad todas mis obligaciones: preparo mis clases, no falto a la universidad, escribo a diario esta historia, pago las cuentas, saco la basura, etcétera.

Hace unos años no estaba solo. Tenía una novia, se llamaba Lía, Lía Dorsini. Me gustó desde que vi en su rostro de niña y en su cuerpo de mujer el ideal de la belleza, la armonía, la proporción, el manantial de agua clara, la ternura y el ardor fundidos en el abrazo insaciable, el amor eterno que es eterno mientras dura. Machado decía que "en amor, la locura es lo sensato", y así es. Al sentir por Lía la locura del amor y la pasión, corté todas las amarras que podían sujetarme y, sin meditarlo un segundo más, desplegué mis alas y me lancé al vacío: a la delicia del vuelo y al permanente temor a la caída, a los vientos cruzados, a los vientos calmos, a los vientos desaforados. Porque ese, y no otro, es el amor.

Lía era la luz a través del prisma. Era la tempestad y la lluvia. Yo era la calma, la introspección y el silencio. ¿Cómo conciliar Venus y Júpiter? ¿Cómo lograr alinear nuestras órbitas distantes? Hicimos todo lo posible. Nuestras diferencias de ritmos, de intereses y de cosmovisiones las ahogábamos en largas jornadas de abrazos y caricias. Más pronto de lo esperado -siempre temí que llegase el día- Lía me dijo que se iría a cursar un posgrado en Madrid. Y se fue.

Yo no podía acompañarla. Tenía, y tengo una vida y una carrera en la universidad que me da los medios para subsistir. Si me iba con ella a España perdería mi puesto de trabajo, tan codiciado por tantos jóvenes mucho más frescos y talentosos que yo. Además, allá no hubiese tenido con qué aportar al diario vivir y hubiera resultado una carga para la bella becaria Lía Dorsini.

Así que, tras cinco años de vivir juntos, de amarnos, de morirnos el uno por el otro, de sólo desear que llegara la noche y fundirnos en el abrazo, todo acabó.

Y volví a la soledad en que ahora me encuentro. Y al vacío repleto de mí. Al silencio. Al soliloquio. A mi ventana que mira a la plaza, y a "la lluvia implacable y sin fin" que golpea mis entrañas. Volví a la nostalgia de lo que tuve y ya no tengo, de lo que otrora fue y hoy ya no es. Nunca más. Volví a esta vida en que cada vez me resulta más difícil encontrar su sentido, pues ante el amor perdido, ante la vida gris, ante la muerte que acecha, ¿qué sentido tiene vivir?

Y la extraño, y me digo que ya no pienso más en ella aunque todavía no la he olvidado. Ni quiero olvidarla.

7

Sofía Cattanei tenía plena conciencia de su belleza. De niña llamaba la atención por su pelo lacio color trigo y por sus ojos azules, intensos, iluminados, pero sobre todo por la dulzura y simpatía que irradiaba. Cualquiera que la contemplaba quedaba encantado con su aire de niña inocente aunque traviesa; lo único que provocaba era mimarla y adorarla sin más. Cuando atravesaba los difíciles años de la adolescencia se refugió en la música. Comenzó a tocar el violín, aunque pronto descubrió que el violonchelo era su verdadera pasión. Se identificó con su sonido grave y profundo que, decía, era la voz de su corazón. Desde entonces pasaba horas enteras tocándolo, tratando de arrancarle los sonidos que escuchaba dentro de sí. Con los años creció su encanto, tal vez porque la música ya corría por sus venas, tal vez por la luz que traslucía su mirada. Ya de mujer, su cuerpo adquirió la armonía de la belleza, el equilibrio de las formas, la debida proporción.

Practicaba todo el día, con la incansable obsesión del artista que quiere encontrar la palabra, la imagen, la textura, el color o, en su caso, el sonido que expresara de la manera más fidedigna la emoción que deseaba transmitir. Sentía que la música le permitía encontrarse a sí misma, a su esencia: cada sonido, y luego la armonía resultante, no eran sino el espejo de sus más insondables sentimientos. Su perpetua inconformidad con lo que paso a paso lograba -esa era su naturaleza- constituía la llama de su talento. A su vez, en su extenuante trabajo radicaba su impulso vital, aquello que le daba la fuerza y el entusiasmo necesarios para continuar la aventura y, en ese arduo camino, sentir la plenitud de la vida.

Sofía terminó su almuerzo -una ensalada de lechugas, cebollas y atún-, entró a su estudio y cerró la puerta tras de sí. Sintió, como siempre, algo que esperaba por ella; lo sintió en la silenciosa calma del sitio, en el olor a trabajo denodado e inconcluso, en la atmósfera de entrega apasionada. Guardaba en el closet su chelo y centenas de partituras. Sacó el instrumento de su estuche con especial cuidado, como habitualmente lo hacía. En el medio de la habitación estaba el taburete acolchado donde se sentó. Tenía frente a ella el atril con la partitura. Retomó la práctica en el punto en que había quedado la noche anterior.

Cuando el chelo sonaba bajo la presión de sus manos, era ella quien sonaba, era ella quien expresaba su ser a través de la voz grave y ronca de su instrumento. Por cierto que para así manifestarse necesitaba afinar constantemente su sensibilidad, de por sí pulida al extremo. Para lograrlo sabía que debía mantenerse atenta, con los poros y el espíritu abiertos; sabía que en cualquier cosa podía latir lo maravilloso, que bastaba una mirada curiosa para descubrirlo. Sabía que debía mirarlo todo con el corazón, ya no solamente con sus ojos. Sabía que con mucha frecuencia debía darse el tiempo necesario para meditar sobre las cosas que pasaban. Y sabía, sobre todo, que debía dudar, escudriñar, preguntarse y volver a dudar, porque la verdad, decía, sólo pueden vislumbrarla quienes auscultan el cielo nocturno...

Miró su reloj. Le quedaba una hora antes de salir hacia el Conservatorio. Continuó practicando. Buscaba afanosamente un sonido, un tono con cierta intensidad, una nota diáfana y certera que expresara la emoción que latía entre las corcheas y semifusas del pentagrama. Un haz de luz entró por la ventana; millones de pelusitas danzaban en su amplia avenida.

Sabía que su extrema sensibilidad constituía, a la vez, la daga y la herida. Por un lado, esa "aptitud para percibir sensaciones" le permitía penetrar, como el puñal, en los más íntimos escondrijos del espíritu humano. Por otro lado, esa sensibilidad la hacía permeable a los avatares de la vida, vulnerable a las diversas inclemencias de la vida.

Vivía con su hermana Elisa. Huérfanas a temprana edad, mantenían una muy buena relación, sólidamente tejida por los solidarios hilos del infortunio. Elisa sabía que cuando su hermana practicaba con el chelo no cabía interrumpirla. Esperaría a que terminara su sesión vespertina para contarle que había comprado dos entradas para ir el sábado de noche a la función de *Los Miserables*.

Atardecía. Sofía había concluido su práctica. Guardó el chelo en su estuche y lo llevó hasta la puerta de salida de su departamento. Luego de pasar por el baño y tomar un vaso de agua iría al Conservatorio Karl Jenkins de la calle Marcelo T. de Alvear y Paraná, donde se reunía con sus compañeros del quinteto Luigi Rodolfo Boccherini. Un instante antes de salir recibió una llamada del Flaco invitándola a un asado en su casa. Le agradeció y le dijo que asistiría. Cuando el violonchelo le permitía un descanso, le alegraba la posibilidad de tomar un buen vino y divertirse con sus amigos. Salió con su chelo y tomó el taxi que ya le esperaba en la calle.

Pocos minutos después, Manuel Gandía, con dolor de estómago y retortijones, pensaba en la oportunidad que se acercaba. El Flaco le había confirmado que Sofía asistiría al asado. La noticia le ocasionó iguales dosis de alegría y de angustia. Al enterarse de que también estaba invitado Barreda, su buen amigo, el colega odontólogo y compañero del coro, pensó que podría contar con su amistad para urdir y ejecutar su plan de conquista. Sin pensarlo más, llamó a Barreda y acordaron reunirse para conversar esa misma noche.

El bar del Socorro estaba repleto, no había una sola mesa disponible; la suya estaba ocupada por un par de señoras cincuentonas, pintarrajeadas, teñidas el pelo de amarillo pajizo, al mejor estilo porteño. Alcanzó a ver un puesto en la barra que de inmediato ocupó; pidió una Coca-Cola con hielo. El lugar estaba colmado por el ruido; todo el mundo hablaba a gritos, la gente no paraba de hablar. (¿Qué tanto hay que decir?, ¿qué tanto hablamos para escucharnos a nosotros mismos?, ¿qué tanto hablamos de los otros y qué tanto de nosotros?). Mientras esperaba a su amigo, Manuel recordaba las múltiples veces que había estado en ese mismo bar, desde cuando era un muchacho y allí se encontraba con los amigos de la infancia. Época de risas y fútbol, de ir a la cancha o al cine; las fiestas, la primera novia, las caricias y besos, el despertar del deseo; los primeros desengaños. Había sido una época desdibujada, de incertidumbres, de navegar a la deriva, de equivocarse y volver a tropezar, de aprender a levantarse una y mil veces.

En cuanto Barreda llegó, Manuel le contó cuál era el propósito de la reunión urdida con la complicidad del Flaco. La pícara sonrisa de su amigo lo alentó a revelar el plan.

-Quiero pedirte un favor. Luego de comer y beber, ya cuando estemos felices y contentos, te sientas al piano y comienzas a tocar algo liviano, lo del otro día, Los Beatles, o alguna de ese estilo, Pink Floyd, o Queen, entonces comenzamos a cantar y alentamos a que todos lo hagan. ¿De acuerdo? Vemos cómo va la cosa y luego, sin falta, antes de que se cansen o disminuya el fervor, tocas *An die Musik* y después *Im Abendrot*, que yo las cantaré en solitario, ¿te parece?

-De acuerdo, Pulgarcito, pero si tú las cantas vas a hacer llorar hasta a Rocky Balboa...

-Eso es justamente lo que busco. Luego veremos qué pasa, pero ya dependerá de mí y de la diosa fortuna.

8

Mientras escribía los párrafos anteriores sentí la urgencia de salir a caminar. Me puse unos zapatos, porque estaba en medias, y fui a la plaza San Martín. Allí jugaba con mis hermanos cuando éramos chicos, en el tiempo lejano en que los niños salíamos solos al parque. Caminé por el borde de la plaza hacia Florida, y me detuve a contemplar los troncos y raíces de los árboles. Miraba con perplejidad sus cortezas retorcidas y su intrincada forma de anudar sus brazos; trataba de descifrar su oculto mensaje. Un poco más adelante divisé un rosario de pájaros parados sobre un cable de luz. En medio de mis pensamientos sonó mi teléfono móvil y al otro lado, en el mundo real, la voz de la cobradora de la compañía de seguros, urgiéndome el pago atrasado de mi póliza. Tras darle dos vueltas completas a la plaza, recorrí la parte alta donde correteábamos detrás de una pelota. Antes de regresar a mi departamento me di una vuelta por Sargento Cabral, esa calleja que sorpresivamente sale de Esmeralda a Suipacha -o viceversa- y en la que nunca he visto a nadie caminar. Fui y volví tres veces, y además de escuchar solamente el eco de mis pasos, noté que no se reflejaba mi sombra en la vereda pese a la luz del sol que refulgía sobre mi cabeza.

Ya en casa, otra vez en medias, tomé un vaso de agua y me senté en el sofá de la sala. Mi departamento recibe toda la luz de las ventanas que miran a la plaza. De alguna manera prodigiosa, cosa rara en la arquitectura actual, tanto la sala cuanto el comedor, al igual que mi habitación, tienen amplias ventanas. Sin embargo de ello, me resulta agobiante ver todo el departamento lleno de sol ya que también necesito de zonas oscuras: el fondo de la cueva de nuestros ancestros donde guarecerme y recordar, donde sentir el paso del tiempo, donde escuchar su lento y milenario transcurrir. Es así como dispongo de mi anochecido y silente refugio donde nunca entra el sol: la despensa. Allí coloqué hace varios meses un cómodo sillón en el que me resguardo con frecuencia. Al cerrar la puerta, el sitio queda completamente en negro y en absoluto silencio. Allí, cómodamente apoltronado, puedo observar el paso de las *miodesopsias* y escuchar tanto el metálico susurro de la expansión del cosmos como el transcurrir del tiempo.

Debo aclarar, en aras de salvaguardar mi reputación de profesor universitario y escritor, que las *miodesopsias*, conforme a su definición, son aquellas "sombras que no existen en el mundo real y que se producen en el interior de nuestros ojos". La definición es toda una maravilla: por un lado se dice que son sombras que no existen y más adelante se dice que, pese a no existir, las vemos. Concluimos, entonces, que es posible ver lo que no existe. Permítanme abundar en este asunto, que no pretende ser motivo de risa, sino de reflexión y asombro. Quisiera que usted experimente vislumbrar a estos fantasmitas que no existen, pero que los vemos. Entonces, por favor, deje de leer, deje el libro a un lado, vaya al fondo de su clóset -mejor si dispone de una despensa en tinieblas-, refúgiese en "la oscura intimidad de sus párpados", como decía Nabokov, mire atentamente y después dígame lo que vio. ¿Los vio? ¿Vio a esas arañitas que se pasean dentro de sus ojos? Pues, bueno, no existen pero las podemos ver. (Por el contrario, en el cosmos hay materia que no refleja la luz, que está ahí ocupando un lugar, que existe, tiene forma y dimensión, peso y color, y que sin embargo no la podemos ver.)

Cosa parecida ocurre al pretender oír lo que no suena. Si se escucha atentamente el silencio se percibirá un incesante murmullo parecido al inigualable canto de las cigarras. Pues bien, es el sonido del universo en su incesante ensanchamiento. Si continuamos escuchando el silencio y percibimos otro sonido, esta vez un susurro más bien sordo y apagado, oiremos el impávido transcurrir del tiempo, el viaje eterno hacia la nada. (Hay quien, sorprendentemente, puede escuchar la luz. Bueno, yo no lo he logrado todavía.)

Otro lugar espléndido donde vivo estas experiencias es el closet: en medio de la ropa que cuelga de los armadores, en medio del olor a trajín, a calle y a sudor, en medio de los zapatos y de la vida ahí encerrada, la oscuridad es completa. Con los ojos bien abiertos, extiendo muy lejos mi mirada, muy lejos, en el vacío sin límites de la negrura más negra. Entonces observo que millones de lucecitas -que no son las *miodesopsias*- pueblan la oscuridad y no cesan de moverse, frenéticas, en un inacabable bullir. Como si fuese una boca sedienta, abro mis ojos todo lo que puedo, hasta las lágrimas, para penetrar todavía más en la oscuridad y escrutar con mayor impresión su abismal oquedad. Así, muy quieto y muy atento, siento el placer aterrador que me produce flotar en el espacio infinito de las sombras mientras escucho la primordial melodía del transcurrir del tiempo y de la expansión del universo.

9

Sofía se levantó temprano en la mañana, miró por la ventana el cielo nublado, se bañó, se vistió y luego fue a la cocina. Al paso constató que su hermana aún no se levantaba. Volvió a mirar el cielo y las nubes. Desayunó café sin azúcar, galletitas integrales y nada más. Luego lavó unos platos que quedaron de la noche anterior, tomó un vaso de agua, y fue hasta la puerta principal a recoger *La Nación*.

-Hola -escuchó, mientras leía, la voz de Elisa, su hermana.

-Hola, buen día.

-Pero, ¿qué hora es que ya estás lista para qué sé yo?

-Tengo un asado en San Isidro, en casa del Flaco. Voy a ir a Retiro a tomar el tren -respondió Sofía, en su acostumbrado tono pausado.

-Pero, ¿cómo te vas a ir en esos trenes de mierda?

-Ni que me fuera hasta La Quiaca, es aquí nomás -dijo Sofía.

-Pero te van a robar, te van a tocar la colita -el tono de Elisa era el de la madre que cuida a su hija doncella.

-Y, si no, ¿en qué quieres que vaya?

-No sé, qué sé yo, llámale al Flaco y pregúntale quién más va, tal vez tenga algún conocido que esté por aquí cerca y te pueda llevar. Dale, todavía tienes tiempo.

-No, no me animo a llamarle, no tengo tanta confianza, y además no sé por qué me invita.

-Ah, bueno, entonces le llamo yo, espera.

Elisa fue a su habitación a buscar su teléfono donde tenía el número del Flaco. Habló con él y regresó donde su hermana con un papelito en la mano.

-Toma, aquí está tu chofer: Manuel Gandía.

-¿Y quién es ese?

-No sé, un tipo que vive por acá, que también va donde el Flaco y tiene auto. No sé si querrá llevarte, al ser tan tímida como eres.

-Pero, ¿y cómo lo voy a llamar?

-Así, mira.

Entonces Elisa tomó su teléfono, marcó el número, y le pasó el aparato a su hermana.

-Espera, ¿qué haces?

-Habla, habla, dale, apúrate -dijo Elisa y le plantó el teléfono en la oreja de Sofía.

-Hola, hola.

-Hola, sí, ¿quién habla?

-Sí, no, perdóname, no me conoces, soy amiga del Flaco y él me dio tu número por si vas ahora al asado y podrías hacerme el favor de llevarme.

-Pero, ¿con quién hablo?

-Sofía Cattanei.

Tras unos segundos de silencio se escuchó:

-Dale, no me jodas, ¿quién habla?

-Sofía Cattanei.

-Dale, que no estoy para bromas, chau.

Manuel estaba cortándose las uñas de los pies cuando recibió la llamada. Al principio pensó que la cosa iba en serio, pero en cuanto la mujer al otro lado de la línea le dijo que era Sofía Cattanei, dudó por un instante y de inmediato concluyó que era una broma. Sin más, cerró el teléfono y prosiguió con su tarea.

Sofía, en tanto, permanecía con el celular de Elisa en la mano, sin poder creer lo que había escuchado. Indignada, se levantó a buscar un vaso de agua.

-¿Y? -le preguntó Elisa.

-Que el idiota ese me mandó al carajo.

-¿Cómo?

-No sé, creyó que era una broma y simplemente me cerró el teléfono.

-¡Pero si le dijiste que eras amiga del Flaco y le explicaste el tema! -exclamó Elisa, sorprendida.

-¿Y qué sé yo?, está loco.

-Espera, espera, déjame hablar a mí con ese idiota, préstame el teléfono -Elisa estaba decidida a aclarar el asunto y sobre todo, a ponerle en su sitio a ese tipo malcriado. A los pocos segundos, se escuchó lo que sigue:

-Hola Manuel, escúchame, habla Elisa Cattanei, hermana de Sofía. No me interrumpas. Ella te acaba de llamar para pedirte de favor que la llevaras al asado donde el Flaco porque no tenemos auto y en tren hasta San Isidro es un desastre. Sofía está acá, en Las Heras y Pueyrredón, y el Flaco me dijo que tú vives cerca, en Rodríguez Peña y qué sé yo. Así que déjate de joder y hazme el favor de venir por ella, que te está esperando.

-¿Quién habla? -preguntó Manuel, sorprendido.

-Elisa Cattanei, hermana de Sofía, ya te lo dije. ¿La vas a llevar, o no?

-Peroooo, ¿es en serio? -preguntó Manuel, todavía sin creerlo.

-Claro que es en serio, ¿quieres hablar con ella? -le respondió Elisa, ya al borde de la histeria.

-No, no, no, está bien. ¿Dónde me dices?

-Las Heras y Pueyrredón, al lado de las empanadas.

-Ah sí, bueno, ahí estaré a la una -dijo Manuel con voz de niño sumiso.

-Dale, gracias.

-No, por favor, y saludos a Sofía.

-Gracias, hasta luego.

-De nada. Chau.

Manuel se quedó paralizado. Todavía no podía creer lo que había escuchado. Con un calcetín en la mano y el celular en la otra, miraba atónito a la nada con sus ojazos abiertos. Repetía en su laberinto las palabras de Elisa. Entonces, marcó el número del Flaco.

-Flaco, ¿tú le diste mi número a Sofía?

-Claro, Pulgarcito.

-¿Y por qué no me avisaste?

-¿Y por qué tenía que avisarte, acaso no son lindas las sorpresas?

-Creí que era una broma y la mandé a la mierda.

-Pero mira si eres idiota. La cagaste, Pulgarcito, perdiste la oportunidad de tu vida.

-Y qué sabía yo, ¿por qué no me avisaste?

-Te llamé y sonaba ocupado, pero bueno, ¿y?

-No, por suerte al rato llamó su hermana y me aclaró todo y habló con tanta seguridad que me di cuenta de que era en serio.

-Podrías agradecerme.

-Gracias, te debo dos.

-Te las voy a cobrar. Vengan pronto que ya encendí el carbón.

-Dale, gracias Flaquito, hasta luego.

-Hasta luego.

Hice un receso en la escritura de este relato para pararme frente a la ventana y observar al pájaro. No me imaginaba, no concebía a un gorrión coqueteando con un águila, ni a un buitre copulando con un canario, aunque en el caso de los buitres cualquier cosa se puede esperar. Cada especie debe ser consciente de pertenecer a su familia -aunque una especie sea muy similar a otra, como un gorrión y un canario- a pesar de que no se ha reportado hasta ahora el intento de ponerle una patita encima, tampoco el apareamiento casual, menos aún el matrimonio -y por ende el divorcio- de un canario con un gorrión, o de un loro con una cotorra, por más que estos dos se parezcan por aquello del pico y de la imparable y escandalosa verborrea.

Más allá de estas consideraciones, y retomando un día en la vida de este pájaro, si no estuviese atrapado habría volado de acá para allá todo el día; habría hecho unas cuatrocientas cincuenta y nueve caquitas por todas partes; se habría parado en una vereda a comer apresurado unas miguitas de pan o de galleta; habría picoteado en busca de un gusanito bajo la tierra; habría sentido la fuerza del viento, o la calma del mediodía, o la sed de media mañana, y entonces habría acudido a la fuente de agua, a la gota que cae del grifo mal cerrado -o mal abierto-, a la manguera que chorrea en el jardín de al lado, al charquito que todavía queda de la lluvia pasada, al balde de agua, a la botella de agua derramada en el piso, pero habría buscado agua, siempre agua y solamente agua, porque tampoco se ha visto a un pájaro tomándose una Coca-Cola o un zumo de naranja, por más sed que tuviera, pues ellos toman agua o nada, agua aunque esté medio sucia, turbia o tibia, pero tampoco agua caliente, esperaré que se enfríe, diría la avecilla, pero nada de quemarme el pico.

Bueno, debo seguir adelante. No más distracciones.

-No tengo muchas ganas de ir. Además, ¿cómo voy a meterme en el auto de ese tipo que aparte de idiota no sé ni cómo se llama? -refunfuñaba Sofía.

-A ver, tranquila. Se llama Manuel Gandía, es amigo del Flaco, va al asado, tiene auto y te lleva, y lo más probable es que también te traiga de regreso, así que déjate de tonterías y camina.

Elisa era firme y dulce con su hermana. Sabía que a temperamentos como el de Sofía de vez en cuando les sentaba bien recibir órdenes disfrazadas con voz de cariñosos consejos.

-Lo que más me intriga es saber por qué pensó que era una broma -dijo Sofía mientras escrutaba en los ojos de su hermana.

-No te llenes la cabeza de preguntas si quieres vivir tranquila.

Escuchaba a Elisa como si fuera su madre, además, su timbre de voz era idéntico. Se tenían plena confianza. Su relación era franca, sustentada en el amor incondicional de los hermanos. Cada una conocía las costuras de la otra, aprendieron a convivir con ellas. Sofía no sabía que días atrás el Flaco llamó a Elisa a decirle que tenía un amigo que era dentista y que quería presentárselo a su hermana. El Flaco, zorro viejo para obrar de Cupido, le dijo además que Manuel era un buen partido para cualquier soltera.

A unas pocas cuadras de distancia, Manuel miraba las nubes -negras, rechonchas, amontonadas- y pensaba que justo ese día podría reeditarse el diluvio universal. Estaba intranquilo. En pocos minutos estaría con Sofía Cattanei y juntos irían al asado. Provisto de su paraguas, bajó en el ascensor, se dio una última mirada en el espejo, salió a la calle y caminó apurado dos cuadras hasta llegar a la cochera. Sacó su auto y enfiló hacia Las Heras, al lado de las empanadas. Pensaba que la vida le daba la oportunidad anhelada, pero dudaba de sus propios talentos para lograr su propósito. Su inseguridad y falta de confianza en sí mismo lo aplastaban.

Estacionó el auto sobre Las Heras, a media cuadra de la casa de Sofía. Aún faltaban diez minutos. Volvió al auto. Repasó unas notas de *An die Musik*, las del 'ritornello'. Decidió llamar a su amigo y cómplice de la trama.

-¿Barreda?

-¿Qué dices, Pulgarcito?

-No me vayas a decir Pulgarcito frente a Sofía, ¿eh?, te mato.

-No, eso te lo digo sólo cuando tú y yo estamos juntitos.

-Cállate, idiota. ¿Van temprano?

-Tranquilo, Gandía, todo en orden.

-¿A qué hora van?

-Ya vamos, allá nos vemos.

-Dale.

-Taluego.

El tiempo se obstinaba en pasar muy lentamente. Manuel miraba su reloj.

-Bueno, ya es hora -dijo para sí, en voz baja.

Respiró profundamente, guardó el aire en sus pulmones como si fuera a cantar, marcó el número, timbró y timbró una y otra vez, nadie contestaba, hasta que por fin.

-Hola, Sofía Cattanei, por favor.

-Sí, ¿quién habla? -respondió Elisa.

-Manuel Gandía.

-Ah, hola, ¿qué, ya llegaste?

-Sí, acá estoy.

-Bueno, ya le digo a Sofía, ¿eh? Espera que ya mismo baja.

-Bueno, gracias -dijo Manuel, aliviado.

Estaba muy nervioso; pronto estaría junto a la mujer que apenas había visto y de quien estaba enamorado. No importaba que no la conociera, no creía equivocarse. Confiaba en la intuición que al oído le susurraba. Confiaba en la luz interior que se enciende sin aviso y que desvela los matices del corazón ajeno a través de la lectura de señales impalpables. Manuel sentía que su intuición era una suerte de revelación que, de forma repentina, le permitía ver más allá de lo evidente.

-Hola, ¿Manuel? -dijo Sofía al salir de su edificio.

-Hola, sí, encantado -le dijo Manuel mirándola a los ojos y descubriendo, tan sólo en ese momento, que eran de un azul luminoso. Conversaban en la vereda, mientras caminaban hacia el auto. Le sorprendió su altura, pues si bien él era muy alto, Sofía, aunque con tacos, le llegaba casi hasta sus hombros.

-Por poco no vienes, ¿eh? -inquirió ella con una sonrisa.

-No, no, pensé que, no sé, que era una broma -replicó Manuel un poco turbado, pero sonriendo.

-¿Por qué una broma?

-Me pareció insólito que la estrella del violonchelo me llamara por teléfono, la verdad, me sorprendí.

-Gracias por lo de estrella, pero no es para tanto.

-Cuando te escuché la semana pasada en el Colón sentí que me desgarraba por dentro, sentí la inmanencia, lo abismal.

-El chelo lo hace todo, yo apenas lo acaricio.

-Cualquier músico no logra sacarle esos sonidos, se necesita mucho talento, mucha práctica, y detrás de todo, mucho amor a la música y al instrumento.

-Gracias, toco lo mejor que puedo.

-Discúlpame, Sofía, ¿me esperas un minuto en el auto que ya regreso, de acá nomás?

-Sí, dale.

Manuel abrió la puerta del lado del pasajero, la cerró en cuanto Sofía entró, y se encaminó hasta un pequeño bar que quedaba a pocos pasos.

Sofía nunca imaginó que la voz agradable y gentil que escuchó al otro lado del teléfono pudiera corresponder a un hombre con ese aspecto físico. Sintió que algo no encajaba en Manuel; se preguntaba cómo podía caber en un cuerpo tan descomunal, de apariencia tan ruda y cavernícola, un alma que, a juzgar por el timbre de su voz, parecía tan sensible. <Es curioso que se haya referido a la inmanencia... Debe medir dos metros de alto y uno de ancho, como el armario de mi abuela. ¿Y a dónde se fue?>

Manuel sintió ganas de orinar, y como sabía que el viaje sería largo prefirió ir ese momento al baño en vez de sufrir por estar a punto de derramarse durante el trayecto. Las primeras impresiones que tuvo en los escasos instantes en que estuvo con Sofía -su timbre de voz '*dolcissimo ma non troppo*'; la finura de su piel de poros cerrados; sus manos de dedos largos, fuertes y delicados a la vez; su pelo dorado y suelto, y su mirada iridiscente con un dejo de ternura- ratificaban lo que intuyó al verla por primera vez en el teatro Colón: era bellísima, le encantaba y estaba enamorado. Ya de regreso en su coche, se acomodó, y antes de partir le preguntó:

-¿Te pusiste el cinturón de seguridad?

-Sí, gracias... y el de castidad también.

Tras reírse sorprendido de la rapidez y el humor de Sofía, continuó:

-¿Y trajiste la llave de ese cinturón?

-No tengo la llave, hace rato la tiré al río Paraná.

-¿Y no podías tirarla en el río de la Plata? Al menos está un poco más cerca, con alguna posibilidad de encontrarla.

-Tal vez tenga una copia en casa...

-Ojalá, pero si yo tuviera que buscarla en el fondo del Paraná, lo haría.

Manuel no imaginó que en Sofía pudiese anidar un espíritu tan apacible y distendido como el que mostraba en esos momentos, y que contrastaba con la seriedad y concentración con que la observó días atrás mientras tocaba su chelo. Pensaba, además, que su sentido del humor, su fina ironía, reflejaban una gran agudeza mental.

-Bueno, y hablando en serio, Manuel, así te llamas, ¿verdad?

-Sí, Manuel Gandía.

-¿Y, a qué te dedicas?

-Soy dentista, y también canto en un coro.

-¿En serio? Qué mezcla insólita.

-Siempre me gustó la música, pero me hice dentista, como mi abuelo paterno.

-¿Y algún músico en la familia?

-Bueno, mi abuelo materno le entraba al piano, y mucho antes, te hablo del siglo XVII, mi tátaratátara abuelo, San Francisco de Borja, también era músico.

-¿Hablas del autor del *Visitatio Sepulchri*?

-El mismo con sotana. Luego de tener hijos y enviudar se metió a la legión de Loyola, en esa época era permitido. Era un místico consumado, basta escuchar su *Aleluya*.

-La música sacra te hace sentir lo divino, creas o no creas en Dios -dijo Sofía en tono grave.

-¿Y tú, crees en Dios? -preguntó Manuel, con seriedad.

-No, Manuel. No creo en Dios. Por eso me pregunto por qué siento lo *divino* con cierta música, si sé que Dios, el barbudo, no existe. Ni ningún otro, creador omnipotente, con barbas o sin ellas.

-La pregunta es, entonces, ¿qué es lo divino?

-No te pases los semáforos en amarillo, hombre, igual llegamos -interrumpió Sofía.

-Perdóname, tienes razón.

El tráfico era muy rápido y desordenado. Manuel manejaba a la velocidad que le imponía el flujo de los demás autos, no era posible ir más rápido, menos aún más despacio.

-Bueno, Manuel, no sé qué será lo divino, pero con cierta música, específicamente en ciertos pasajes, en ciertas armonías, siento algo tan único que no puede ser humano.

-Si lo sientes, es humano.

-Claro, un humano sólo puede sentir lo humano, así como una planta sentirá lo suyo, no sé, la clorofila que le sube por el tallo... Lo que digo, y tú me entiendes si te gusta la música y, sobre todo, si tienes el oído soldado al corazón, es que hay instantes en que la música te hace sentir algo que no sientes con ninguna otra expresión del arte.

-De acuerdo. Además ese "algo" no es cualquier cosa. Es...

-Es algo que te estremece... -interrumpió Sofía-, algo que te proyecta fuera de ti, fuera de tus límites... Y además te produce una sensación de absoluta y despreocupada alegría... ¿Lo has sentido?

-Sí, claro, lo siento al escuchar cierta música, la de los grandes, los clásicos y algunos modernos, y también cuando canto en el coro. Y a propósito, la última vez lo sentí cuando tocabas el chelo.

-¿En serio? A ver, ¿qué sentiste exactamente?

- A ver, a ver, no es fácil describirlo, dame un segundo.

Mientras Manuel manejaba, Sofía lo miraba con mucha curiosidad. Le sorprendía su tamaño -no sabía cómo podía caber en ese auto-, la enormidad de sus facciones, la inusitada espesura de sus cejas pobladas y despeinadas, sus manos enormes y peludas de oso pardo. Y sobre todo le llamaba su atención el timbre cálido y fuerte de su voz, que le resultaba muy placentero, pensó que era como un tierno arrullo, como un canto de paz y mansedumbre.

Manuel se hallaba feliz con lo que ocurría. El diálogo era franco y ameno. Se sentía muy cómodo con ella, como si hubiesen sido viejos amigos. Su belleza, advirtió sorprendido, no le amedrentó; por el contrario, le animó a soltarse sin temores. Notó que el énfasis que imprimía a sus palabras tenía el acento *'appassionato'* de algunos pasajes de las arias. Su oído absoluto le permitió distinguir que su timbre de voz se movía entre *fa* sostenido y *la* mayor, con abundancia de negras y corcheas.

-Bueno, Sofía, cuando escuché el sonido de tu chelo sentí esa caricia en el alma que a la vez te conforta y conmueve, te deleita y estremece. -Hizo una pausa y agregó mientras la miraba de reojo:

-¿Me hice entender, o estoy muy místico?

-Como tu abuelo, el *Santo Visitatio*.

-Aaaaaaaaaaleluuuuuuuuuyaaaaaaaaaaa...

-A ver dale, dale, ¡qué linda voz!, canta un poco.

-No, ahora no, que me distraigo. Pero te prometo que más tarde cantaré para ti. Especialmente para ti.

De pronto, los dos callaron. Manuel estaba concentrado en el tráfico que iba bastante rápido y serpenteante. Si bien disfrutaba de esos momentos, anhelaba que llegase el instante de cantar para ella. Entregaría todo de sí, quería conmoverla, que se erizaran sus bellísimos pelitos dorados que ahora veía en su brazo desnudo.

Sofía sentía una inusual placidez. Por alguna razón que no se detuvo a indagar, estuvo muy extrovertida desde el primer instante; se expresó con total espontaneidad, sin pensar en qué decir, sin pretender causar ninguna impresión. Simplemente había sido tal cual era. Estaba sorprendida de haberse *soltado la trenza* sin proponérselo; en un instante pensó que tal vez la enormidad de Manuel la hizo sentirse cobijada, en buenas manos, resguardada.

-¿Así que dentista, también?

-Y bueno, hay que ganarse el pan… ¿Y desde cuándo tocas el violonchelo?

-Desde niña, su sonido es… ¿cómo te digo?…, su sonido es el mío, pero no como mi voz, porque yo sueno a flauta…

-Pero a flauta dulce.

-Gracias, pero lo que quiero decir es que el sonido del chelo es el sonido que llevo adentro y es aquello que me sale cuando toco…

Mantuvieron un diálogo de preguntas y respuestas, de ida y vuelta. Los dos sentían que era posible hablar el mismo idioma, el de la música, el de la pasión, el de los sentimientos.

12

Luego de salir de la universidad y hacer mi acostumbrada escala en el bar del Socorro, llegué a mi casa. Era un poco antes del mediodía. Me saqué los zapatos y fui directamente a refugiarme en mi sillón de la despensa, sumergido en la oscuridad y el silencio. En medio de la paz de mi refugio, en pleno contacto conmigo, escuché la voz de Lía. Su voz llegó hasta mí de forma nítida e inconfundible, catapultada desde el pasado por uno de esos bumeranes que tiene la memoria. La escuché en medio del rumor incesante del silencio. (La memoria es así, sopla de repente como el viento, a veces persiste, otras es tan sólo una ráfaga fugaz. A veces se presenta en tórridos ventarrones, otras, es suave y apacible.)

Cuánto la amé, cuánto la extrañaba. Cuántas certezas de gozo infinito contenía su cuerpo, cuánta locura. Cuánta necesidad sentía, tan sólo al evocarla, de disfrutar y satisfacer el apetito de mis sentidos, la osadía de las manos y los dedos que acarician y palpan y llegan a cualquier lugar, a las blanduras, a las turgencias, a las abundancias, a las humedades, a los rescoldos más íntimos, a los recovecos más escondidos e inaccesibles. Era mi apetito irrefrenable de saborear y oler todo su cuerpo, todo, sin que quedara resquicio alguno. Era la urgencia de estar dentro de ella y sentir cómo a cada instante crecía más el deleite y el apremio de llevar el deseo al borde de la agonía para desparramarlo y complacerlo entre alaridos. Era mi anhelo de entremezclarnos como animales salvajes en celo irrefrenable, sudando y gritando nuestra pasión a raudales. Era también mi alma necesitada de asilo amoroso, de cobijo, de abrazo y compañía, de "la pícara y secreta concupiscencia" de los amantes. Necesitaba atemperar el témpano de soledad que arreciaba en esos atardeceres otoñales en que ni el espejo me reflejaba. Necesitaba fusionarme con el amor que transforma a los amantes en un ser solo e indivisible.

Me apenaba saber que Lía existía pero lejos de mi vida. Me apenaba saber que no era un sueño, que vivía, que tenía su propia vida, que estudiaba, caminaba, iba al cine, que tal vez le entregaba su cuerpo a otro hombre. Me abrumaba no encontrar, lejos del amor, lejos de Lía, el sentido de la vida, tan corta y tan dura, a veces tan árida e insoportable.

Naufragaba en el fondo de mi despensa. No tenía un asidero donde sostenerme en medio de la inmensidad del sinsentido. Trataba de convencerme de que aun sin vivir el amor podría encontrar el sentido de la vida en mi rutina: escribir, dar clases, caminar, leer, estar con mis amigos. Sentía que nada de lo que hacía tenía valor si no lo hacía con pasión, percibiendo la llamarada, la tormenta, el paroxismo del extremo. Sabía que si al más humilde quehacer de nuestra vida lo impregnamos de conciencia y de pasión, podemos amortiguar, en alguna medida, el vacío absoluto que nos acecha sin clemencia, y que se acrecienta ante la vertiginosa desazón que sentimos al constatar día a día el incontenible y vacuo transcurrir de nuestro tiempo hacia la nada, como las aguas del río "que van a parar a la mar, que es el morir".

Sofía y Manuel entraron juntos a la casa del Flaco; eran los primeros invitados en llegar. Su amigo y anfitrión los recibió extendiendo sus brazos, abarcándolos, como si los dos fuesen uno solo. Manuel advirtió ese gesto del Flaco y se sintió feliz, con la triste fugacidad de la dicha.

Tras las sonrisas y besos, atravesaron la casa y fueron a la zona del jardín donde estaba dispuesto el asador. Sofía se detuvo a contemplar la diversidad de árboles, plantas y flores. Manuel la observaba con su corazón, ya no con sus ojos. Ella caminaba bajo unos ceibos que exhibían orgullosos sus flores coloradas, refulgentes. El viento meció las ramas, unas hojas volaron por los aires. Ella contemplaba con detenimiento los plumerillos rosados, las aljabas magallánicas, las mariposeras y los duraznillos, se deleitaba con la variedad de formas y colores. Cerca de una columna de piedra encontró unos jazmines blancos; desprendió un ramillete, absorbió su aroma con los ojos cerrados y lo guardó delicadamente entre sus manos.

Manuel observaba la armonía de sus movimientos, la belleza de su figura delgada y ligera. Se sorprendió gratamente al verla contemplar las flores. Creía en la importancia de las afinidades y avenencias, en las mutuas aficiones que unen a la pareja, o a los amigos, en la posibilidad de disfrutarlas de modo similar. Las nubes amenazaban, pero aún no caía una gota.

Constató con alivio que llegaba Barreda con Liz, su esposa, y también dos chicas más: Violeta, la abogada que le gustaba al Flaco, y Norma, un poco gordita aunque exhibía un aire de muy satisfecha consigo misma. Al saludar, las dos dijeron 'hola' al unísono -en *sí* menor, advirtió Manuel- y se fueron a la cocina a ayudar al Flaco. A cargo de la parrilla, Manuel conversaba con Barreda, en tanto que Sofía lo hacía con Liz, ya que habían sido compañeras del colegio. Al rato llegó una pareja más que Manuel no conocía: él tenía el aspecto de un jugador de rugby y ella era una rubia tetona que parecía la célebre reina de las toronjas.

Manuel observaba que Sofía miraba fijamente a sus interlocutores, sin desviar su mirada un instante. Bajo el cobertizo, por si llovía, se hallaba dispuesta una larga mesa con platos, cubiertos y demás. El olor del asado era delicioso. El Flaco invitó a pasar a la mesa. El último en hacerlo fue Manuel, ocupado en atender la parrilla hasta que todo estuviese listo. No le quedó más remedio que sentarse en el único puesto libre, al lado de Norma, que ya engullía el primer chorizo. Sofía se sentó entre Liz y Barreda pero al frente del jugador de rugby que la miraba y sonreía.

Comenzó a soplar un viento frío, olía a tierra y a lluvia lejana.

Todo el mundo hablaba a gritos con todo el mundo, nadie conversaba con nadie, se escuchaba un ruido ensordecedor, las palabras flotaban sobre la mesa, se entremezclaban y se deformaban. Manuel, absorto en el bullicio, observaba que Sofía lo miraba fugazmente mientras que él la buscaba con insistencia, *'affannoso'*, con sus inusitados ojos *'molto vivace'*, diciéndole sin decirle: cómo quisiera tenerte entre mis brazos, amada mía.

Sentada a su lado, Norma le contó a Manuel que acababa de divorciarse y que estaba yendo al loquero a ver si salía de la depresión. Que por fortuna no tuvo hijos, aunque pensaba que si tuviera al menos uno, no se sentiría tan sola. Que se sentía abandonada en el mundo y naufragando de cama en cama de quien le diera un poco de consuelo con o sin preservativo. Que por suerte tenía amigas como Violeta -la abogada que sale con el Flaco, aclaró-, que la saca y la lleva a todas partes esté o no invitada para que no se quede sola en casa. Que desde que le vio a él, sí a él mismo, Manuel, asando los chorizos, sabía que iban a ser amigos porque se dio cuenta enseguida de que era un buen tipo. Que también estudió Leyes pero que no se recibió porque en quinto año conoció al hijo de puta de Camerlingo, que le dijo vente conmigo, deja la universidad y vamos a Misiones que tengo un trabajo buenísimo con el que voy a ganar mucho dinero y vas a vivir como una reina. Que entonces abandonó la carrera "y me fui con el infame Camerlingo a Misiones, qué calor de mierda, qué humedad insoportable, qué ciudad invivible, y después de casarnos y vivir con ese desgraciado durante tres largos años, una noche llegó tarde y oliendo a frasco chiquito, al perfume de la recontra puta de su secretaria, por supuesto más joven que yo, más pechugona y culona, con quien finalmente se fue a vivir y me dejó y aquí estoy, llegué hace apenas cinco meses y todavía no paro de llorar".

Manuel no sabía qué hacer con Norma; por fortuna, Violeta se paró y comenzó a levantar los platos y le hizo un guiño a su amiga para que la acompañara. Él, entonces, volvió a respirar, estaba a punto de ahogarse en la historia de Camerlingo.

Sofía, mientras tanto, muy entretenida con Liz, recordaba los años en el colegio, sus compañeras, los profesores, las primeras fiestas, el primer beso, el primer amor, aquella noche... Estos recuerdos la sumieron en un estado de lejana nostalgia -lo que fue y ya no es, lo que tuvo y ya no tenía-. Había sido feliz en los años de colegio, pero la muerte de sus padres, ocurrida cuando estaba en cuarto año, le dejó un vacío que perduraba y que le acompañaría toda su vida. Su dedicación a la música, su entrega amorosa y perseverante al violonchelo, le otorgaba las caricias y el calor que no tuvo en su adolescencia. Sofía se aferraba a su violón, lo amaba y a él quería dedicarse para que fuese su voluntad la que determinara su vida y no el azar, para que fuese su libertad y no la incierta y a veces adversa fortuna la que moldeara sus días.

Tras los postres y el café, todos se trasladaron apurados a la sala pues una lluvia torrencial comenzaba a exhibir su inclemencia. Las gotas de agua se habían confabulado para caer en chorros. El cielo, súbitamente ennegrecido, se iluminaba cada tanto con la fugaz antorcha de los rayos. Manuel estaba asombrado al constatar que en esos instantes sentía, con mayor intensidad que otras veces, la magnificencia de la lluvia, la fuerza apocalíptica de los rayos y truenos, el aire límpido que florecía a medida que el agua golpeaba la tierra. Se sentía feliz de apreciar el clamor de la naturaleza con renovada plenitud. Su rostro pergeñaba una mansa sonrisa.

El Flaco encendió la chimenea. Todos estaban hipnotizados ante la magia de las lenguas del fuego y su crepitar. Una atmósfera de tibia placidez, de encantamiento, lo envolvía todo. La tribu se refugiaba de la tormenta al fondo de la cueva. Permanecían sentados en torno al fuego, ese dios que provee de luz y calor, que espanta las fieras, que cuece los alimentos, que todos vigilan embrujados en milenario y ancestral tributo a su imperio.

-Ya es hora de cantar -le susurró Manuel a Barreda.

A un extremo de la sala, alejado del fuego, se sentó Barreda y comenzó a tocar el piano. Unos hacían silencio, atrapados por las notas que titilaban y luego se diluían. Otros, como Norma, Violeta, el jugador de rugby y la rubia pechugona, continuaban hablando; algo decían sobre los milagros de una dieta de manzanas y alcauciles. Manuel, turbado, aunque con un sol desconocido recorriendo sus venas, se paró junto a Barreda. Comenzaron a sonar los traviesos acordes de *I want to break free*, de Queen, que Manuel cantó en el insuperable tono de Mercury. Todos sumaron sus voces, contagiados del alborozo con que él derramaba su canto. Inmersos en la chispeante tonada, todos plasmaban una sola voz, nada los separaba, nada los diferenciaba.

Sofía escuchaba muy atenta, sentía el cálido abrazo que emanaba de la voz de Manuel y se dejaba llevar y envolver por la melodía. Lo contemplaba sin pestañear, como hasta hace instantes contemplaba las llamas. Se sorprendió al sentir que la voz de Manuel la había conmovido.

No toda interpretación de una melodía le ocasionaba ese hondo trepidar, esa alegre emoción que sentía. Sus ojos iluminados no cesaban de observar a la fuente del prodigio, a ese hombre que había conocido hacía pocas horas y que no dejaba de sorprenderla. Su voz, además, le recordaba ese registro sonoro que varias veces intentó alcanzar al tocar su chelo *'sul tasto'*, sobre el diapasón lejos del puente.

Manuel cantó como siempre lo hacía, enlazado con su esencia. Cuando era adolescente su profesora de canto, una soprano italiana radicada en Buenos Aires, le enseñó el secreto: "No cantes con tu garganta, canta con tus entrañas. Para lograrlo debes estar en contacto con lo más profundo de ti". Manuel demoró varios años en entender lo que decía su profesora y tardó varios más en desprenderse de su hojarasca hasta conseguirlo. Todos quienes esa tarde de lluvia lo escuchaban cantar, sintieron y se contagiaron de la pasión y del ánimo divertido, del *'scherzo'*, que imprimía a su voz.

Luego, Barreda comenzó a tocar *Maxwell's Silver Hammer*, de Los Beatles, tema que todos cantaron llenos de entusiasmo, y que le permitió a Manuel cantar con varias *'messas di voce'* muy virtuosas que acentuaban el pulso de la armonía y le daban mayor brillo del que por sí ya tiene esa melodía. Sofía miraba y escuchaba cantar a Manuel, seguía la tonada en voz baja, no quería que nadie ni nada eclipsara en lo más mínimo esa voz que la envolvía y transportaba por el incesante oleaje de las notas. Sentía la traviesa alegría que transmitía Manuel con su canto. Cuando terminó, todos conservaron esa emoción unos instantes, todos la expresaban en la luz de sus ojos y en sus sonrisas.

Hicieron una pausa. Rellenaron sus copas. El Flaco se sentó al lado de Violeta, entrelazaban sus manos. Todos permanecían en torno a la chimenea. Contemplaban el fuego. El rostro de Barreda traslucía nostalgia, tal vez borrosas reminiscencias de dichas perdidas, del amor que otrora fue. La lluvia resbalaba sobre los amplios ventanales. El viento sacudía los árboles. Unas hojas secas revoloteaban por el aire.

Barreda comenzó a tocar *An die Musik*, de Schubert, una de las dos arias que Manuel quería cantar para Sofía. Junto a las notas del piano se escuchaba su voz. (Él sabía que si todos pudieran observar la música verían una luz multicolor que navega por el aire, como la luz que proyecta el prisma.) Su canto alcanzaba sonoridades que quemaban como el fuego -ardores gozosos-, o que acariciaban como una cálida brisa. Sofía se estremecía, escuchaba con sus ojos cerrados. Cada vez que terminaba de cantar parecía que Manuel regresaba de otro mundo: de muy dentro de sí, de sus simas, o de muy lejos de sí, del cielo. En todo caso, de territorios muy propios, recónditos e inescrutables. Y regresaba transfigurado, envuelto en un hálito de luz y serenidad.

-Vamos con *Im Abendrot* -le pidió a Barreda.

Entonces se escucharon las notas de la música de Schubert y la voz de Manuel: *Wir sind durch Not und Freude gegangen Hand in Hand; vom Wandern ruhen wir nun überm stillen Land…* "En medio de penas y alegrías hemos caminado de la mano; de vagar descansemos ahora sobre la silenciosa tierra. Alrededor nuestro declinan los valles y el aire se oscurece ya; únicamente dos alondras alzan su vuelo, soñando en la atmósfera perfumada. Acércate y déjalas cantar; es ya el tiempo de dormir. No vayamos a perdernos en esta soledad. ¡Oh, amplia y silenciosa paz, tan profunda en el crepúsculo! ¡Qué cansados estamos de caminar! ¿Será esto acaso la muerte?"

Envuelta en la melodía, Sofía navegaba por un mar de nubes, entregada al prodigio de la voz de Manuel, a su riqueza y resonancia, a sus variaciones dinámicas. Estaba rendida en sus brazos, con la misma confianza con la que usualmente se disponía a dormir, tibia en su cama, en espera del disparatado mosaico de los sueños. Mantenía sus ojos cerrados y entrecruzados los dedos de sus manos. Persistía su temblor. Abrió sus ojos y buscó los de Manuel. Los encontró. Podía caminarse sobre el puente que tejieron sus miradas. Él anhelaba su amor. Ella, algo que aún no sabía qué era.

La lluvia cesó. Las primeras sombras de la noche acentuaban la nostalgia. La charla, como el fuego, apagaba su fulgor. El licor tornaba la euforia en modorra.

La reunión terminaba; los amigos del Flaco comenzaron a irse. Norma no tenía con quién regresar, pues Violeta a último momento decidió quedarse en casa del Flaco. Le preguntó a Manuel si iba para el centro. Él no se negó, imposible dejarla varada, pero quería llevar a Sofía. Resolvió llevar a las dos.

El aire estaba frío, lavado por la lluvia. Olía a noche mojada.

Sofía se sentó al lado de Manuel, y Norma en el asiento trasero comenzó a contar otra vez el cuento de Camerlingo. No cesaba de lamentarse de su suerte. El viaje se hizo muy largo. Manuel no encontraba la ocasión de quedarse a solas con Sofía. La miraba de reojo, ella había reclinado su cabeza en el asiento, miraba sin ver, parecía estar afuera del auto, tal vez muy dentro de sí, quizás mascullaba algún recuerdo. Por fin, Manuel dejó a Norma y enfiló hacia barrio Norte.

-Cantaste muy bien, Manuel, te felicito. Realmente me llevaste a la gloria.

-Gracias.

-Estaba conmovida, a ratos temblaba, sentía el éxtasis de la música, el grado máximo al que se puede llegar. -Sofía hablaba en un tono firme, con entusiasmo, segura de lo que decía-.   -Sentí la emoción que transmite tu voz, con resonancia, con '*vibrato*'. No me hagas caso, pero tu timbre de voz me recuerda al de Hans Hotter.

-Bueno, te confieso que el Dios, como le decían, es mi ídolo supremo.

-Tu voz tiene algo de su timbre, la claridad, los contrastes dramáticos, no sé...

-Gracias, Sofía. Me gusta cantar. ¿Pero no te abruma el drama del '*bel canto*'?

-Nunca. De ninguna manera. La buena música, la música de los grandes con mayúscula, te lleva a sentir las emociones en sus límites, ¿qué más puedes pedir?

-Más allá te rompes.

-Más allá..., no sé, sería la locura.

-El paroxismo, lo sublime -agregó Manuel en tono grave.

-Además de buen barítono, eres buen filósofo, Manuelito. ¿Alguien te dice Manuelito?

-Sí, a veces, mis amigos. ¿Y a ti cómo te dicen?

-Sofi, Sofía, Flaca. Mi hermana me dice Flaca.

-¿Tu hermana, la que me llamó por teléfono?

-Sí, Elisa, mi hermana. Bueno..., llegamos. Aquí está bien. Gracias.

-No, por favor, la verdad es que me he sentido muy bien contigo.

-¿Sí?, yo también.

-¿Puedo llamarte algún día?

-Estoy un poco ocupada, no sé, practico todo el día.

-Bueno, te llamo un día de estos, a ver si estoy con suerte, ¿eh?

-Bueno. Chau.

-Chau. Espero verte pronto.

14

Pasan los días y las noches. Pasa el tiempo implacable y sordo, atroz en su crueldad de acortar la vida, de acercar la muerte. Vivimos porque el tiempo transcurre. Esa es la gran paradoja de la vida. Si el tiempo no transcurriera, no viviríamos. En tanto el tiempo pasa, caminamos irremediablemente hacia la muerte. Que el tiempo transcurra es nuestra fatal condena pero a la vez es la única manera de vivir.

Cuando voy a dar clases camino por Esmeralda y tomo Sargento Cabral -esa calleja solitaria en la que no se refleja mi imagen- hasta Suipacha, por donde llego hasta la avenida Santa Fe. Sigo hasta Callao, donde tomo un taxi hasta la universidad. Repito esa rutina a diario para mover el esqueleto, tan anquilosado por pasarme el día entero sentado, escribiendo o leyendo, preparando clases o corrigiendo exámenes. Al salir de la Facultad camino unas cuadras; me encanta pasear bajo la sombra de los árboles, y luego tomo un taxi hasta Juncal y Suipacha, donde queda el bar del Socorro. En cuanto me acomodo, José me pone un café sobre la mesa. El gallego conoce a sus clientes, sus hábitos y manías.

Siempre busco sentarme en la misma mesa, aquella cercana a la barra y pegada a la ventana, sobre Suipacha, con vista a la iglesia. De allí puedo mirar a la gente pasar -cosa que es todo un espectáculo, una película diferente cada día-, aunque hay una que se repite, una en que actúan los mismos personajes: un viejo pelado que todas las mañanas saca a pasear a su perro salchicha; una señora con ojitos diminutos que invariablemente acarrea una bolsa, y una Flaca divina que nunca me mira y que se mueve con deliciosa armonía. La película siempre se trata de lo mismo: el primero en desfilar es el viejo pelado con su perrito. Mientras camina permanece atento al momento en que el salchicha excretará sus longanizas en la vereda; en tanto ello ocurre, fuma un cigarrillo tras otro, y enciende el siguiente con la colilla del anterior. Sin duda, quiere ahorrar fósforos. Va y viene por Suipacha hacia Arroyo, se para en la esquina, echa humo y continúa otra vez hacia Juncal. Al salchicha le gusta la esquina de Juncal y Suipacha para depositar sus choricillos. En cuanto lo hace, el pelado apura su cigarrillo, tira el pucho a la calle, saca una bolsa de plástico de su bolsillo y recoge las lombrices tibias y sudorosas con un solo movimiento de la mano, un solo movimiento mágico con el que las atrapa y envuelve a la vez; luego anuda la bolsa, la guarda en uno de sus bolsillos y ya está. Tras esta maniobra fascinante, rapidísima, que yo contemplo encantado, el veterano enciende otro cigarrillo y se pierde por Suipacha hacia Arenales, mientras acarrea a su perrito atado a su correa.

La película continúa con el paso apurado de la señora de ojitos diminutos, ojitos de ardilla. Lo que lleva en la bolsa es todo un misterio. A veces anda con una de color celeste, horrible, de plástico, muy grande, con dos manijas atadas con una soguilla. Otras veces porta una bolsa amarilla, más fea que la otra, igualmente grande. Siempre son las mismas bolsas, no otras, y las lleva en su mano derecha. La veo venir de Arenales hacia Juncal y continuar hacia Arroyo, siempre por el mismo lado de la vereda. Anda con vestido; nunca la he visto en pantalones, y lleva su pelo castaño anudado sobre su nuca. ¿Qué lleva en la bolsa? Lo que fuera - nunca lo sabré- no pesa mucho, pues la señora la porta sin mayor esfuerzo. Aquello que sea dibuja un bulto del tamaño de un melón. No he podido, pese a los años en que la veo pasar, determinar con certeza qué es lo que lleva en la bolsa. He pensado que simplemente podrían ser las compras diarias del mercado, carne, pollo, verduras, o tal vez el pan de cada día. Lo más sorprendente es ver sus ojillos diminutos, en permanente e incansable parpadeo, que parecen moverse de un lado a otro sin mirar nada y, sobre todo, sin expresar nada, velados, porque hasta los ojos de los ciegos muestran sentimientos, estados de ánimo, pero los ojos huidizos de esta señora no muestran nada, como si nada tuviera adentro, como si ella misma no fuera nada.

La película sigue con el paso de la Flaca, preciosa, con un cuerpo exquisito que sobre todo puedo imaginar en primavera, cuando se despoja del pesado abrigo gris que usa en invierno. Todos los años espero que llegue la primavera, a finales de septiembre, para ver cómo se despoja poco a poco de su ropa a medida que pasan los días. Primero, en cualquier día soleado y tibio, aparece sin su sobretodo y con un suéter de lana merino o algodón que permite soñar en sus glorias ocultas. Tras varias semanas de usar diferentes sacos grises, azules, negros, todos en esos tonos, y ya cuando el calor de diciembre comienza a arreciar, la Flaca divina aparece vestida solamente con una blusa o una camiseta -casi siempre de color blanco o celeste a rayas- que permite vislumbrar sus dos maravillas, que sonríen altivas e inalcanzables, y que a veces, las muy descaradas, traslucen sus coquetos botoncillos. Cuántas veces imaginé subir mis manos por su espalda, acariciar su piel desnuda hasta encontrar el ansiado broche de su sostén, emprender con afán desesperado la imperiosa tarea de desabrocharlo y, entonces sí, sentir la dicha de saber que las maravillosas gemelas, tibias y turgentes, pronto estarán en mis manos.

La Flaca tiene algo de Lía, no sé; tal vez se le parece en que también podría enamorarme perdidamente de ella y un día detenerla en medio de la calle y decirle me muero por ti, aunque me cruce la cara de un cachetazo.

Así, en medio de la película, viene el gallego José y sin pedírselo, me sirve una segunda taza de café doble, con un chorrito adicional de agua. Un poco antes del mediodía salgo del bar del Socorro y camino por Arenales hasta el restaurante D'Onofrio, donde almuerzo. De regreso en casa, hago una corta siesta, o, si no, me siento a escribir, como ahora lo hago para contar esta historia.

15

Mientras estudiaba en la universidad, Manuel conoció por primera vez el amor. Graciela. Duró un año. (Machado decía que "no hay que dudar de la eternidad del amor; lo efímero son las relaciones".) El de Manuel fue un amor eterno por su intensidad que lo hacía imperecedero, y por el compromiso mutuo, más perpetuo que el tiempo. Se amaron sin saber, jóvenes aún, que todo amor es fantasía, invento de la soledad, de la finitud, del sinsentido de la vida… Él se sentía Durandarte, "flor y espejo de los caballeros enamorados", a decir del Quijote. Vivía pendiente de Graciela, atento a sus caprichos y efluvios, a sus idas y venidas, a su ropa interior y al momento de sacársela. La amaba, la idolatraba, le fascinaba, se la quería comer entera, sin dejar una sola migaja para los pájaros, sin dejar un solo milímetro de su piel sin ser olido y besado y saboreado y agregado a su ser. Se derretía, quería lamerla toda, enteramente, desde la pata de la cama. Graciela y sus encantos, todos abultados, unos tersos y redondos, otros con aroma a melón, otros, manantiales oportunos. Escuchaban a Fabio, y Manuel recorría sus entrañas. También miraban la luna y escuchaban a Piazzola, el bandoneón, lo mejor como música de fondo para llegar al cielo.

Graciela le enseñó a mirar al otro, a sentir por el otro, a estar atento a alguien que no es uno mismo. Le decía que "amor es entender y aceptar que alguien que no eres tú, existe". Manuel recordaba aquello que había anotado en uno de sus papelitos: "El amor es un intento de escapar de la soledad y la locura". Lo cierto fue que le resultó delicioso dejar de escucharse, prescindir de sí mismo, y librarse de quedar abandonado y empolvándose como una olvidada mecedora en el altillo. La breve y deliciosa experiencia con Graciela le hizo caer en cuenta de que la única forma de escapar de sí mismo -de ese yo insoportable y enloquecedor, atosigante e irreductible como los galos- era enamorándose de otro, diferente, que lo extirpe de sí mismo, que logre que él mismo ya no fuese la única razón de su vida. Que las exquisitas y turbadoras emanaciones del ser amado, que sus encantos reales o imaginarios, redondos u ovalados, rosados o parduzcos, en fin, sus encantos, le exorcizaran de sí mismo de una buena vez por todas y para siempre jamás. Manuel comprendió, entonces, que la soledad era ese vacío en que él moraba. Era ese espejo que sólo reflejaba su rostro. Era estar lejos de la mujer amada.

Con Graciela también aprendió que la verdadera magia reside en el eros. Aprendió que el vínculo demoníaco que genera el deseo crecía cada vez que acudía a beber de la fuente.   -Mientras más bebemos de nuestros cuerpos, mientras más creemos saciar nuestra sed, más necesitamos seguir bebiéndonos el uno al otro-. Terminaban de hacer el amor y enseguida ansiaban volver a empezar. "Faltó, siempre nos falta", se decían, contemplando sus almas sedientas, glotonas, que pedían más para mitigar su sed sin conseguirlo.

Manuel manejaba por Pueyrredón hacia el Bajo. Volteaba su cabeza una y otra vez mirando el lugar, ya vacío, donde Sofía estuvo sentada; de repente estiró su mano y acarició el asiento. Sonrió. Ya la extrañaba. Pensaba que había cantado bien, que su canto le había gustado a Sofía. Percibió que todavía flotaba en el aire su olor, indescriptible, etéreo, a primavera, a luna llena. Tomó por Alvear a su derecha. Estaba cerca de llegar a su casa. Casi se choca con un autobús que se cambió de carril en forma intempestiva; tuvo que frenar a raya. Entró en su laberinto, iba por el sendero de la incertidumbre, <bueno, ¿y ahora?> <Me dijo que estaba ocupada, que toca todo el día>; continuaba por la senda del pesimismo, <no tiene tiempo para salir; no demostró mucho interés en volverme a ver, tal vez no le gusté>. Retomó la vía de la incertidumbre < ¿qué hago?, ¿la llamo?, ¿cuándo? >. Dejó su auto en la cochera y caminó hasta su casa. Sintió el frío de la noche, pero no dejó de pensar en Sofía.

Al entrar al departamento y constatar que todas las luces estaban apagadas, Sofía se dio cuenta de que Elisa aún no había llegado. Caminó hacia su habitación mientras tarareaba inconscientemente una melodía. Tras lavarse, desvestirse y ponerse la pijama, fue a la cocina, echó un vistazo, <Elisa no ha almorzado aquí>; y tomó un vaso de agua. Mientras canturreaba entró al estudio, tomó su violonchelo y empezó a pulsar el arco en busca de las notas alcanzadas por la voz de Manuel, que daban vueltas en su cabeza. Cerca de la medianoche le venció el sueño y se fue a dormir. Poco después, con un hilo de consciencia, sintió que llegaba su hermana. Entonces sí, se durmió en paz.

Al día siguiente, Sofía se levantó a media mañana. Aprovechó que el día estaba soleado para salir a trotar. En busca de aire un poco limpio, fue hasta plaza Francia, cruzó Libertador, llegó hasta el Museo de Bellas Artes y retomó el camino de vuelta. Ya en casa, hizo una tanda de ejercicios y tomó una larga ducha. Elisa ya se había levantado; la escuchó en la cocina; <ojalá esté preparando el café>.

-Buen día.

-Buen día, hermanita. ¿Cómo estás? ¿Qué tal te fue ayer donde el Flaco?

-Bien, nos quedamos hasta tarde. Estaba Liz, ¿te acuerdas?

-Sí, claro, del colegio. ¿Y qué tal resultó tu chofer?

-No sabes lo bien que canta, es un monstruo.

-¿De verdad? Cuéntame. ¿Manuel, se llamaba?

-Sí, Manuel. Es dentista, y canta como los dioses, es un bajo barítono que canta en un coro, pero, te juro, no te exagero, podría cantar en Europa.

-¿Así tanto?

-Tiene el timbre de voz de Hans Hotter, además de que también mide dos metros. Es gigantesco. El marido de Liz tocaba el piano; Manuel cantó dos temas de Schubert, que me pusieron los pelos de punta; no era sólo su timbre, era todo su registro, su *vibrato*, la expresividad, no sé...

-Dale, no exageres, Sofía, se ve que el tipo te gustó.

-Lo que sí te puedo decir es que cuando cantó se me erizó toda la piel. No exagero, su registro tiene la flexibilidad, la fuerza y el esplendor del que hablan los críticos. Anoche, al llegar a casa, me puse a tocar una de Schubert para lograr esas notas...

-¿Cuál de Schubert?

-El Trío opus 100, la que toca Raphael Pidoux, con Wanderer, el *andante con moto*. Tienes que verlo. Bueno, el tema es que el franchute alcanza unas resonancias que se parecen al timbre de voz de Manuel. Es increíble.

-Bueno, pero aparte de que canta bien, el tipo, ¿qué?

-Es amable, hizo el asado, es un hombre culto, conversamos… qué sé yo…

-Dale, Sofía, ¿te gustó o no?

-No sé, me gustó cómo canta…, de ahí en más es otra cosa.

-Dale, cuéntame. Soy tu hermana.

-La verdad, no lo sé. Me gustó su voz, eso es mucho. Es decir, si el tipo es capaz de cantar de esa manera, con esa pasión, es que adentro tiene eso. ¿Me entiendes?

-Sí, pero ¿qué sentimiento tiene adentro?, puede ser odio, tristeza…

-No, Elisa. Hablo de dulzura, de ternura. Si no fuera así, no podría cantar de esa manera, se notaría la farsa, la impostura.

-Entonces, ¿te gusta?

-¿Me gusta para qué?

-Para salir con él, para ser su amiga… no sé.

-Eso es otra cosa. Tú sabes que después de Daniel me quedé curada, no quiero saber de tipos, me bastó.

-Pero no puedes seguir así toda la vida, Sofía, la mierda hay que excretarla, no llevarla adentro para siempre. Te hace daño.

-Por lo pronto lo único que quiero es tocar mi chelo. Lo otro…, ya se verá.

16

El viento de otoño arrastraba las hojas de los árboles. Las calles de Buenos Aires lucían teñidas de ocres hojarascas crujientes. El cielo nublado mostraba más incertidumbre que certeza. Por las mañanas, temprano, los muchachos camino a la escuela se divertían aplastando las hojas que se acumulan entre el borde de la calle y la vereda. Otros, ensimismados, apuraban sus pasos. Los chicos vestían pantalones cortos; las chicas, faldas a cuadros sobre sus rodillas. No cesaban de pasar los autos, que rugían y arrojaban espesas estelas de humo. La gente caminaba apresurada y sin mirar a nadie, como si nadie más anduviese por la calle. Unos exhibían un estado de ánimo áspero e intratable, distante; otros, los menos, un espíritu amable y cordial. Allá iban, todos los días, ríos de gente de acá para allá. Muchos, sin saber a dónde, continúan presurosos su camino. Otros avanzan más despacio, con firmeza, como si el trayecto importara tanto como la meta.

Ya habían pasado cuatro días desde el asado donde el Flaco, y Manuel no se atrevía a llamar a Sofía. Un momento estuvo a punto de hacerlo; ya tenía preparado el pretexto y el discurso, las palabras adecuadas y hasta el tono de voz: *sol* sostenido. Le iba a proponer ir al teatro el viernes, a ver una obra en que actuaba Grandinetti, pero <qué imbécil, pensaba, aparte del chelo no le pregunté por otras cosas que le gustan y que podríamos compartir. Soy un idiota. Además, no hay nada en cartelera que valga la pena. ¿Cómo la llamo? ¿Qué le digo?>.

Manuel solía atender en su consultorio dental de lunes a viernes, de mañana y de tarde. Los martes y jueves, por las noches, se reunía a cantar en el coro de la universidad. Y aunque permanecía ocupado todo el día, no dejaba de pensar en Sofía; su recuerdo le llenaba de júbilo; saboreaba todos los instantes que habían permanecido juntos: la primera llamada, el viaje hasta San Isidro; ella, sentada a su lado, la cortina entreabierta de su blusa blanca; su sonrisa iluminada con los jazmines en sus manos. Había advertido que su mirada reflejaba un corazón brioso a la par que bondadoso, un espíritu enérgico a la vez que justo. Eso le daba confianza, pues sentía que se hallaba frente a un alma noble. Pero también recordaba otras imágenes, las que le producían incertidumbre, las que surgían indómitas de la selva que en esos días creció en su laberinto y que lo tenían maniatado, muerto de miedo, paralizado: la charla al regreso, "estoy muy ocupada, no tengo tiempo…". Sufría, no sabía si llamarla o no. <Temo su 'no' agazapado en espera de clavarme sus garras; temo escuchar su 'no' terrible y definitivo que me cierra las puertas para siempre>.

Por las mañanas Sofía permanecía en su casa, tocaba el violonchelo, estudiaba, practicaba una y otra vez. La melodía debía fluir como un límpido arroyuelo. O como una cascada. O como una tormenta. Ella era el violonchelo y el arco sobre el puente, la fina madera que canta con voz humana, y que, en noches de luna llena, habla y gime con voz aguardentosa.

Los lunes, miércoles y viernes, por las tardes, Sofía iba al Conservatorio. Hacía algunos años que una nueva violinista se había integrado al quinteto en reemplazo de Daniel, el ex novio de Sofía. La relación entre Sofía y Daniel iba muy bien, llevaban más de tres años hasta el día en que él le habló de matrimonio y de tener hijos. Ella le dijo que no quería casarse, ni con él ni con nadie, que su prioridad era el chelo; que pensaba que el matrimonio -su rutina, las obligaciones mutuas- acababa con el amor; que era muy difícil vivir en pareja, y que, además, no quería tener hijos, traerlos a este mundo tan perverso y egoísta.

Sofía nunca esperó la respuesta de Daniel. De algún lado oscuro -de algún ancestro pirata- le salió una violencia inusitada, le gritó como loco, le dijo que le había hecho perder más de tres años de su vida, que no debió alentar expectativas, que era una mujer egoísta y fría que sólo pensaba en ella y en su violón, que la vida no es sólo la música, etcétera, etcétera, y que si la cosa era así, todo se acababa en ese mismo instante, y que además él se iría del quinteto para no verla nunca más en su vida.

Todo acabó en un instante, para siempre. Nunca más lo volvió a ver y tampoco quiso saber nada de él.

<No puede pasar de hoy sin que la llame>. Manuel hablaba solo, en voz alta, mientras manejaba del consultorio a su casa. Pensaba que lo mejor sería plantearle dos opciones, pues a las dos le resultaría más difícil negarse:

-Vamos a cenar o vamos al teatro, o a las dos cosas, este viernes, ¿qué te parece?

Manuel no pudo creer cuando se dio cuenta de que, en ese mismo instante, mientras manejaba, había llamado a Sofía y le había dicho esas palabras.

-Acabo de regresar del Conservatorio, Manuelito. Me voy a bañar. Llámame en una hora, por favor.

Cuando Sofía escuchó, de forma súbita e inesperada, la voz de Manuel, esa voz prodigiosa, sintió otra vez la emoción que días atrás le produjo la música de Schubert interpretada con su timbre delicado y penetrante. Eso la había perturbado. Por cierto que le gustó que Manuel la llamara y la invitase a salir, aunque sintió un leve temor, todavía impreciso, desdibujado.

-Hola, ¿Sofía?

-Sí, ¿con quién?

-Manuel Gandía.

-Hola, Manuel, ¿cómo estás?

-Bien, Sofía, gracias, ¿y tú?

-Bien, también. ¿Qué dices, Manuelito?

-Te invito a salir este viernes. Al teatro o a cenar, o las dos cosas. Dan una obra en que actúa Grandinetti, seguro que es buena, lleva más de un año en cartelera. Me dijeron que está buenísima. Esa es una opción. ¿Me escuchas?

-Sí, dale.

-También podemos ir a cenar, han abierto un restaurante en Basabilbaso y Juncal, que está fenomenal. Yo fui el otro día con Barreda, el marido de Liz, y todo estaba de primera. Me encantaría que disfrutaras de una buena cena, con un excelente Malbec. ¿Qué dices?

-No sé, pensaba quedarme ensayando en casa; nos vamos a presentar en agosto.

-Falta para agosto, Sofía; además, una noche de divertirse no le hace mal a nadie. Al contrario, agarras fuerzas para ensayar con más gusto.

-No sé. Tal vez prefiera quedarme en casa.

-¿Te parece que le diga a Barreda y a Liz para ir con ellos?

-No sé, Manuel, me tomaste por sorpresa, no tengo planes de salir con nadie, prefiero dedicarme a ensayar; estamos preparando algunas obras de Bach, y quieren que yo interprete la suite número 1 para chelo, nada fácil.

-Bueno, Sofía, no te insisto, te entiendo. Para que las cosas salgan perfectas hay que practicar y practicar. Te llamo otro día, a ver si te animas.

-Bueno, Manuelito, gracias por llamarme y perdóname que sea tan obsesiva con la música, tú me entiendes.

-Sí, yo también me pongo así. Te entiendo. Bueno, hablamos otro día.

-Bueno, gracias de todas maneras, hasta luego.

Manuel cerró el teléfono y sintió la pena enorme que produce perder la esperanza. -Todo se nubla, todo pierde sabor, nada tiene valor, nada importa, todo es en vano-. Al llegar a su casa, se sacó los zapatos, tomó un vaso de agua y se recostó en el sofá con las piernas levantadas sobre la mesa. Mirando al vacío, se repetía las palabras de Sofía y sentía que a su pena se le sumaba otro sentimiento: la soledad, esa honda tristeza de sentirse desamparado.

Sofía le había dicho que no, como él temió en algún momento, y eso echaba por la borda su ilusión de amarla, de disfrutar su compañía, de tenerla entre sus brazos, de acortar sus largas noches. Manuel sentía que la vida había perdido todo sentido. Solo, en su departamento, permanecía en el rincón más tenebroso de su laberinto, en el lugar más enmarañado, donde era imposible visualizar una vía de escape, menos una luz. Todo era siniestro, nada tenía valor alguno. Cuando le acometían esos estados de angustia, prefería permanecer así largo rato para sentir a fondo ese dolor, para ahogarse en la pena, para regodearse en la desdicha y finalmente tocar fondo. Pensaba que mientras más pronto llegara a la base del pozo, más pronto saldría de él. Horas más tarde, tras haberse quedado dormido un tiempo impreciso, ya cuando despertó y sus pensamientos le dieron una tregua, se consoló al pensar que tal vez esa pena le otorgaría una nueva *tessitura* a su canto. Al dar los primeros pasos hacia su habitación, se sorprendió al constatar que había regresado de su sueño envuelto en el aroma a magnolia que envolvía a Graciela, su primer amor.

Cuando muerde la soledad, el sentimiento predominante es el de desamparo: la penosa sensación de no tener a quién recurrir para juntos soportar los fardos de la vida y hacerla más llevadera. Y si bien nos alivia pensar que ese sentimiento es transitorio y circunstancial, la soledad, cuando arremete, se torna en un remolino que en cada embestida nos sumerge más y más en nuestro íntimo y sólido yo, el único que está siempre con nosotros y que solamente nos abandonará con la muerte.

Sofía cerró la llamada y tampoco se sintió feliz. Sentía pena de no vivir la vida tal como es, con buenas y malas. Se miraba a sí misma encerrada en una jaula, abrazada a su violonchelo como si fuera su salvavidas. No le gustaba verse así. Pero no tenía la fuerza para desplegar sus alas; el temor la inmovilizaba.

17

Y así, el pájaro habría vivido sus instantes sin tiempo o su tiempo sin instantes, porque al no tener consciencia de algo, simplemente ese algo no existe, hasta que en uno de sus vuelos de acá para allá, en ese tiempo que bien pudo ser ayer o bien puede ser hoy, sucede que ocurrió que cataplum, choca con algo invisible -como la flor de la higuera-, algo que su pequeño cerebro de ave, su ácido desoxirribonucleico y su inmediata, automática e inconsciente consulta con sus ancestros no logra explicar. Pero el hecho cierto es que se hallaba atrapado e inmovilizado dentro de algo etéreo, duro y frío, y allí estaba y ese era su nuevo modo de ser a partir de ese momento y de esas circunstancia inexplicables.

Y así, en esa especie de transfiguración que más que fantástica al pájaro le parece absurda y sobre todo incómoda, ocurre que un bípedo un tanto despeinado y con anteojos, es decir yo, se acerca a una distancia aterradora para el ave y palpa sus plumas sin lograr tocarlas porque esa gélida transparencia lo separa de aquel mundo físico donde era posible que ellas sintieran el viento, y su pico, la frescura del agua, y su buche, la ingesta de alpiste; y sus tripas, las piruetas de la lombriz rechoncha que comió al mediodía.

18

El tiempo pasa y no le importa nada. Impertérrito, sigue su camino sin regresar a ver, sin reparar en todo lo que ocasiona. Sin el paso del tiempo nada podría suceder pues todo ocurre en él. Si hay un dios, ese es el tiempo: ha existido desde siempre y existirá hasta siempre; si alguien es eterno e inmortal es él; está, estuvo y estará en todas partes; no hay resquicio ni refugio donde no llegue, donde podamos librarnos de su paso; nadie lo puede ver aunque es notoria su huella; nada ni nadie lo puede vencer; todos quisiéramos atraparlo, asirlo, detenerlo o, al menos, disminuir el ritmo incesante de su paso. Quisiéramos guardarlo en un cajón con llave, dosificarlo a nuestro antojo, conservarlo entre sedas y mimarlo para que no se vaya, congelarlo como al pescado en la nevera. Pero todos sucumbimos a él, tarde o temprano.

Transcurrió el otoño en Buenos Aires. Ya se habían caído todas las hojas de los árboles y nadie sabía ni se preguntaba adónde habían ido a parar. Había llovido, salido el sol y vuelto a esconder. Unos habían nacido, otros habían muerto; la gente caminaba por las calles, o bajo los árboles, o a orillas del mar. La vida continuaba.

Manuel no cesaba de pensar en Sofía, no se resignaba a la idea de no tenerla. La rutina de sus días, sin embargo, no se había alterado: iba al consultorio dental; cantaba en el coro; hacía las compras en el supermercado; ponía agua a sus plantas; escuchaba música a todo volumen; leía antes de dormir y apuntaba las frases que le gustaban en unos papelitos que olvidaba por todos lados. También había salido a cenar con el Flaco y Violeta, llevado el auto al taller, salido a almorzar con Barreda y con Liz, y siempre, indefectiblemente, había pensado en Sofía, pero además en su nula capacidad de mover un dedo para hacerla suya.

Un domingo frío y lluvioso de agosto, uno de esos días en que arreciaban con más fuerza su soledad y el sinsentido de la vida, Manuel recibió una llamada de Barreda:

-¿Cómo estás, Pulgarcito?

-¿Qué dices, sacamuelas?

-¿Te acuerdas de una chelista de apellido Cattanei?

-Por supuesto, matasanos.

-Agárrate.

-Dale, Barreda, suelta, estoy listo para cualquier cosa.

-Se presenta con su quinteto la próxima semana. En la Usina del Arte, en la Boca.

-¿Cómo lo sabes?

-Está en *El Clarín* de hoy.

-Te llamo luego, chau.

Manuel, todavía en pijama y pantuflas, se puso encima un sobretodo y salió apresurado hasta el quiosco de la esquina a comprar un ejemplar del diario que, una vez en sus manos, escondió bajo su abrigo para guarecerlo de la lluvia. Ya en casa, encontró la breve nota de prensa:

"Bach interpretado por Quinteto Boccherini. Los días jueves 10, viernes 11 y sábado 12 del presente mes y año, a las 19:00 h, el prestigioso quinteto de cuerdas Boccherini interpretará las variaciones Goldberg BWV 988 (adaptación para cuerdas) de JS Bach".

Tras leer la noticia, permaneció un largo rato con el diario entre sus manos, atónito. (Creemos más en lo que vemos que en lo escuchamos. Las máximas "ver para creer" y "si no lo veo, no lo creo" se aplican también para las palabras escritas -que las vemos, que las leemos-, por lo que adquieren mayor credibilidad.) Sintió la noticia como un bofetón, como un grito que le restregaba la realidad innegable de que él amaba a una mujer de carne y hueso llamada Sofía, que existía de verdad y no en sueños o en recuerdos, que era bellísima y la deseaba, que vivía a pocas cuadras de su casa y no al otro lado del océano, que tocaba estupendamente el chelo, y que, no obstante todo ello, no hacía nada para alcanzarla. Ocupado en el consultorio dental, ocupado en ir a cantar en el coro, en los quehaceres que demandan tiempo y en los que transcurre y se va la vida, no se había dado el tiempo para afrontar lo que sentía y le corroía el alma.

Ya era jueves, ya amanecía en Buenos Aires. Manuel dormía, acurrucado, cómodo y tibio en su cama. Se desplazaba por los extensos e imprecisos territorios de los sueños, por aquellos lugares remotos e inasibles donde ocurren los sucesos más fantásticos e inconcebibles; desde allí sabía con toda certeza que ese día que surgía de la noche, Sofía Cattanei se presentaría con su quinteto a las 19 horas.

Se despertó, se levantó, hizo su rutina, fue al consultorio, almorzó cualquier cosa por allí, y ya de tarde, más temprano de lo usual, salió y tomó su auto. Iba por el Bajo hacia la Boca. Puso la radio a todo volumen -había un tráfico infernal-, subió la calefacción, avanzó pero muy lento, tomó a su derecha; continuó muy despacio, tomó la avenida a su izquierda; siguió un poco más, curvó a su derecha, continuó y dio varias vueltas hasta encontrar un lugar adecuado donde estacionar su auto. Se bajó, sintió el viento frío de la tarde, caminó dos cuadras y llegó a la Usina del Arte. Se sentó en la tercera fila, en el centro, junto al pasillo, y esperó mientras leía el programa. Había una foto, pero pésima; no se distinguían los rostros. La sala se iba llenando. Murmullos en *sol* menor. A su lado se sentó una pareja de ancianos; la señora colocó todo su gordo brazo donde él tenía su codo. Se apagaron las luces; se escucharon las últimas, apuradas, toses, y se abrió el telón.

Al día siguiente, viernes, Manuel se levantó temprano, fue al consultorio; cuatro caries, un tratamiento de conductos, seis calzas, y antes de las cinco salió, tomó su auto y manejó por el Bajo hacia la Boca. Un tráfico de mierda, peor en viernes. Puso un disco de óperas que canturreó hasta llegar a la Usina del Arte. Estacionó y se bajó del auto. Al llegar al Teatro, buscó el mismo puesto que ocupó el día anterior -era perfecto-, y ahí se sentó. Leyó otra vez el programa, la foto no era buena. A su lado se sentó una pareja de mediana edad. La señora tanteó con su codo de qué espacio disponía y lo colocó junto al de Manuel, sin rozarlo. La señora se había trastornado medio frasco de perfume, barato para colmo, que Manuel debió soportar estoicamente en toda la presentación. La sala se llenó, y todavía no eran las 19 horas. Se apagaron las luces. Toses y carraspeos -en *fa* sostenido-. Se descorrió el telón.

El sábado Manuel durmió hasta las once. Brillaba el sol. Tras los usuales menesteres, resolvió salir a comer un bife de chorizo con papas fritas y ensalada. De regreso, satisfecho y con casi una botella de vino adentro, antes de hacer la siesta puso el despertador a las cinco. Durmió y no recordó sus sueños. Despertó, se lavó los dientes, hizo gárgaras y salió de su departamento rumbo hacia la Boca. Un tráfico insoportable. Llegó a la Usina del Arte, buscó el mismo puesto de los otros días y ahí se sentó. Guardó el programa en un bolsillo. La gente llegaba, esta vez advirtió que había más gente joven y, en efecto, dos muchachas se sentaron a su lado, es decir, una al lado de la otra y una de ellas al lado de él. De reojo la miró, <es muy linda, pelo largo, castaño, liso, facciones finas.> La una se sacó el sobretodo antes de sentarse y lo que pudo adivinar le pareció maravilloso. <Huele a recién bañada, a jabón caro.> Puso su codo al lado del suyo, apenas se rozaban. Se apagaron las luces. Carraspeos masculinos y femeninos -en *sol* mayor y en *si* bemol-.

Antes de ir a casa, Manuel decidió caminar por Lavalle a ver si encontraba una película. Daban "Ida", de Pawlikowski, imperdible, a las 23 horas, y faltaba menos de una hora. Un mixto tostado y una Coca-Cola con hielo antes de la función. Al salir del cine -la película no le gustó mucho- sintió el frío de agosto. Entre los edificios, hacia arriba, alcanzó a ver el cielo estrellado. Soplaba un viento helado. Camino a casa -no tenía sueño- se dio una vuelta por Las Heras, y antes de Pueyrredón se detuvo. Estaba abierto el local de las empanadas <por qué no, dos de queso y dos de pollo.>

-Con una Coca-Cola con hielo, por favor.

Ya en casa, se dispuso a dormir. Se acostó, se acomodó, cerró los ojos, no quería pensar en nada, pero era imposible. Se daba vueltas una y otra vez, la almohada estaba caliente, no sabía dónde poner sus piernas, una aplastaba a la otra, un brazo le sobraba. No podía dormirse. No estaba tranquilo. No quería pensar, pero no podía dejar de pensar. No aguantaba más, <no puedo seguir haciéndome el imbécil, el desentendido, el que no me importa. Tengo que hablar con Sofía, decirle que estuvo fantástica, que lloré en las tres funciones, que aplaudí a rabiar en todas porque no podía perderme las tres oportunidades de verte, no podía dejar de escucharte, y si mañana y pasado y por los siglos de los siglos también te presentaras, iría a verte cada vez y a escucharte y a llorar de felicidad una y mil veces y a aplaudir rabiosamente. Porque quiero decirte que te amo, Sofía, y que no concibo vivir sin tenerte a mi lado, y que lo he pensado bien: no es que estoy enamorado de la música del artista, de la encarnación del arte, ni de lo que siento cuando te escucho tocar el chelo. No. No es eso, lo sé muy bien. Lo he pensado todo este tiempo que ha pasado y sé, tengo la certeza y no me equivoco al decirte que estoy enamorado de ti, Sofía Cattanei con doble te. Con chelo o sin chelo. Estoy enamorado de ti, con tu música, porque la música es

parte de ti, es tu alma. Y si la música no fuese una parte tuya también te amaría. Porque te amo siempre y de cualquier forma: en mi auto charlando de ida y vuelta, en el jardín recogiendo las flores, en el asado conversando con Liz y comiendo choripanes, con tus ojos cerrados escuchando mi canto, o con tus ojos abiertos mirándome y diciéndome tantas cosas, o incluso diciéndome que no, que no tienes tiempo, que estás ocupada...>

Manuel se despertó cerca del mediodía. Había dormido pésimamente, casi nada. Brillaba el sol, pero hacía un frío intenso. Necesitaba tomar un café, terminar de despertarse o terminar de dormirse. Decidió levantarse y, tras cavilar un poco, resolvió jugarse el todo por el todo. Lo había decidido desde el insomnio, durante la tormentosa y eterna duermevela, a sabiendas de que era allí, en ese lugar tan profundo y tan propio, donde uno se encuentra con la verdad más íntima, más acuciante y desesperada. Y no lo pensó más, porque sabía que si mucho lo pensaba terminaría por no hacerlo.

Tomó su teléfono, marcó el número y escuchó la voz de Sofía. Y habló, y sin mucho preámbulo le dijo en tono claro y decidido:

-Necesito verte y hablar contigo. Si no tienes planes para el almuerzo, almorcemos juntos, y si tienes planes, tomemos un café por la tarde.

Y entonces Manuel escuchó la voz de Sofía que -en *sol* menor- decía un pasmoso y celestial:

-Sí, bueno, almorcemos, puedes venir a recogerme, ¿puede ser a las dos?

-¿A las dos de la tarde, o a ustedes dos?

-No, a las dos de la tarde, a las 14 horas.

-Estaba embromando, Sofía. A las 14 pasaré a recogerte por tu casa.

-De acuerdo, gracias.

-De nada, gracias a ti; hasta luego.

En cuanto Manuel terminó la llamada, dirigió hacia el cielo su puño, una y otra vez, con fuerza, con los ojos cerrados y sintiéndose feliz, muy feliz de haber llamado y, sobre todo, de haber escuchado -en *sol* menor- esa palabra tan cortita, la más bella del mundo, la promesa del paraíso en labios de la mujer amada.

Dieron las 14 horas y Manuel la llamó por teléfono y le dijo:

-Hola, Sofía, soy Manuel, ya estoy a la puerta de tu edificio, ¿bajas?

Y al rato bajó Sofía, más hermosa que nunca, envuelta en una bufanda anaranjada que la iluminaba.

Ya en el restaurante, se sentaron frente a frente en una mesa adornada con un pequeño arreglo de rosas blancas. Sonaba Mozart, su *Marcha turca*, traviesa y juguetona, alegre y divertida, capaz de contagiarle ese espíritu al más neurasténico. Pese al gentío y al bullicio del domingo, la atención era buena; la comida y el vino, muy buenos. Conversaron de todo y de nada, en un disimulado ejercicio de escudriñarse, de adivinar lo que el otro es, lo que el otro siente y anhela. No cesaron de mirarse a los ojos con vehemencia aunque también con complacencia. No faltó el humor y la risa franca y sonora. Ya en los postres, con la necesaria dulzura que la ocasión demandaba, Manuel tomó su mano sin sentir rechazo. Entonces la miró y por sus enormes ojos negros se le escapó todo lo que sentía.

-Te quiero desde el primer momento en que te vi.

-Lo supe desde el primer instante en que te vi -contestó ella.

-¿Qué viste?

-Tu mirada de perrito suplicante.

-Bueno, ¿y tú me quieres?

-No lo sé, Manuel, es muy pronto para saberlo.

-¿Es muy pronto, también, para sentirlo?

-Algo siento, te confieso, pero no sé muy bien qué es.

-Tratar de saber qué es algo que se siente…, tratar de entender algo tan incomprensible como el amor… -sentenció él mirándola fijamente.

-Trato de entender las cosas, Manuel, trato, al menos, de entender por qué siento lo que siento.

-Bueno, si todavía no sabes con claridad qué sientes por mí, al menos ¿te caigo bien?

-Sí. Me gustó mucho que no me hubieses llamado durante los tres meses que pasé encerrada ensayando; me gustó que hubieses respetado el tiempo que necesitaba para practicar. Tocar bien el chelo es muy importante para mí, tú lo entendiste y lo aceptaste. Eso es una muestra de tu sensibilidad y de tu respeto hacia los otros. También me gustó que hubieses ido a las tres funciones, que te sentaras en el mismo sitio y que, pese a que te morías de ganas, no me hubieses buscado ni llamado después de las presentaciones. Esa es una muestra de que sabes controlar tus emociones.

-Gracias, Sofía. ¿Y de verdad, me viste en el teatro?

-¿Cómo no voy a ver a un gigante de dos metros, parado adelante, firme como un poste de luz y que seguía aplaudiendo como loco cuando todo el mundo había dejado de aplaudir?

-¿En serio?

-¿Acaso no lo hiciste a propósito, para que te viera?

-La verdad que no. No me di cuenta, no hubiera hecho semejante papelón.

-¿No hubieras hecho ese papelón por mí?

-Haría cualquier cosa por ti.

-¿Incluso no volver a llamarme?

-No, eso no. Imposible. Cuando el amor te llega, es como si te hubiese mordido una culebra y el veneno inoculado te recorriera por las venas. Si no te vacunas, te mueres.

-¿Y cuál es la vacuna? Me imagino…, pero quiero escucharte.

Ese momento Manuel se levantó cuan largo era y por encima de la mesa se estiró y besó en los labios a Sofía.

-Discúlpame, Sofía, pero necesitaba con urgencia recibir la primera dosis.

-No creo que con tan poco te baste…

-Claro que no, pero es prudente que la primera dosis sea muy pequeña para no generar antes de hora espasmos, pataletas o aleluyas.

19

Cierro los ojos y miro. Miro dentro de mis ojos esas lucecitas que parecen arañas movedizas que brillan y se pierden por un lado del ojo y caen como el sol al atardecer, pero en cámara rápida. Siempre he creído que existen esos arácnidos dentro de mis ojos, la prueba es que siempre que cierro los ojos los veo, ahí están.

Otra cosa. He llegado a la conclusión de que las hormigas que caminan por mi cocina no se esconden en algún hueco oculto en un rincón, sino que emergen de los poros del material con que está recubierto el mesón donde suelo cortar el pan. Ellas ya lo saben: hormiga vista, hormiga aplastada. Pero no les importa. En cuanto las apachurro brota una por aquí y otra por allá. Son invencibles, lo sé, pero de todos modos, hormiga vista, hormiga aplastada.

Otra más. Por suerte no hay cucarachas. Soy incapaz de aplastarlas, me da un asco espantoso. Además, son crocantes. Puedo infartarme de tan sólo imaginar el crujido que producen al aplastarlas, amén de la nata que expelen. Preferiría incendiar el edificio.

Otra más. Me apena que el pájaro atrapado en el vidrio de mi ventana no trine todas las mañanas al alba, ni tampoco durante el atardecer. Me entristece que no pueda satisfacer el eterno clamor de su naturaleza. ¿Cantará en silencio?

Post data. En el alma habita la eternidad, y sólo en la mente transcurre el tiempo.

20

Luego de transcurridas varias semanas de salir con Manuel, Sofía había descubierto en él a un hombre tierno y generoso, que le demostraba su amor en toda circunstancia; sin embargo, batallaba, aunque en forma discreta, contra los temores que le generaba volver a enamorarse. Sus resquemores le habían impuesto un candado en su corazón, que, no obstante, Manuel poco a poco carcomía con la seguridad y perseverancia de su afecto. Si bien la confianza mutua se acrecentaba día tras día, Sofía no le había confesado sus miedos; esta situación ocasionaba que, cuando ella mostraba ciertas reticencias, ciertas dudas e indecisiones, Manuel las aceptara sin devanarse los sesos al tratar de entender las razones de tales actitudes, sino que simplemente las recibía, calladamente, y perseveraba en demostrarle su cariño. Sofía sentía que Manuel la quería tal cual era. No pretendía cambiarla, no censuraba sus pulgas aunque le pudiesen repeler. Manuel también respetaba los espacios y los tiempos que ella demandaba para practicar el chelo, no le exigía más de lo que le podía dar. (Sería un absurdo; cada cual da lo que es y lo que tiene.) Ella, entonces, sentía que el amor de Manuel era de los buenos, no de aquellos posesivos y demandantes, egoístas y manipuladores que pretenden moldear al otro a su antojo para satisfacer sus carencias. La manera de ser de Manuel y el modo en que la amaba, le daban a Sofía la seguridad que requería para vencer sus temores.

Lentamente, como transcurren las estaciones, Sofía comenzó a sentir que se estaba enamorando de ese gigante barítono que la trataba con tanto cariño y paciencia. Y se daba cuenta de ello porque durante muchos momentos del día pensaba en él, evocaba su presencia en su vida, sentía que él estaba a su lado y que su compañía le resultaba muy agradable.

Manuel se miraba como el hombre más feliz de este mundo. Le cobijaba una formidable y sólida placidez, estable y duradera. Sofía Cattanei era su novia. La había "conseguido". Había logrado su propósito con paciencia, con persistencia y con amor. Amarla le daba sentido a su vida. Antes, cuando Sofía aún no estaba en su vida, experimentaba un intenso vacío. Vivía noches eternas de desasosiego, de insomnio, de no estar en paz. Larguísimas, interminables tardes de domingo, largas siestas para olvidarse de sí mismo, para matar el tiempo. Ahora sentía que el amor, la pasión que corría por sus venas, el deseo que le reventaba las arterias, le daba pleno sentido a su vida.

Pocos días después de conocerla, en cuanto Manuel vislumbró el carácter impoluto de su alma, visible en su mirada franca y serena, comprendió que podía recostarse en su regazo sin temor alguno. Sin embargo, algo le inquietaba y no le dejaba en paz. Percibía que Sofía no entregaba todo de sí, que guardaba una buena porción para comérsela sola y a escondidas, o, lo que es peor, que guardaba una porción de su alma para que no se la comiera nadie. Manuel no lograba entenderlo del todo; era más bien una sensación que escapaba a la razón. Sentía que algo la frenaba y no sabía qué podía ser. Y si bien esa percepción lo nublaba por momentos, no caía en el pozo, simplemente lo miraba de lejos con la conciencia de los peligros que entrañaba. Confiaba en que la fuerza de su amor lograría superar las reservas de su amada.

21

Ya se acercaba el verano; el calor y la humedad de Buenos Aires obligan a la gente a buscar un clima menos sofocante. Huyen a los parajes conmovedores del sur, o a perseguir la brisa a la orilla del mar, o el aire diáfano de las montañas. La ciudad, entonces, luce abandonada, disminuye su ritmo y la poca gente que camina por las calles encuentra alivio bajo la sombra de los árboles frondosos, espléndidos, que muestran toda su vida y su vigor.

Desde que quedaron huérfanas, Sofía y su hermana Elisa iban al campo en verano a pasar unas semanas en la estancia que su abuelo tenía en la Patagonia, a orillas del río Neuquén. Solían partir antes de Navidad y regresar la primera semana de febrero. Sofía le había dicho a Manuel que fuera a visitarla un par de semanas en enero, "eso sí, cama aparte", le advirtió, "porque mi abuelo es chapado a la antigua".

Tras un largo viaje, Elisa y Sofía recorrieron el último trecho: un largo camino sembrado de añosos robles que desembocaba en la antigua casa. El abuelo José Ignacio salió a recibirlas caminando con dificultad y apoyado en su bastón. Siempre de botas y sombrero, abrazó con cariño a sus nietas. La casa había sido ampliada varias veces a través de los años, aunque conservaba su estructura original de paredes de piedra y techo de madera. Pese a mostrar algunas señales de vejez, o justamente por ello, mantenía un cálido sabor de hogar. Tenía cuatro habitaciones con sus respectivos baños y salamandras para el frío riguroso del largo invierno. La amplia sala y comedor estaba dividida por una gran chimenea con una hambrienta boca hacia los dos ambientes. De la sala se accedía a una espaciosa terraza que miraba al río. El aire siempre permanecía fresco y limpio; el cielo nocturno dejaba ver con frecuencia las estrellas. En verano el clima era templado y a menudo soplaba un viento apacible que llevaba el rumor del río hasta la casa. Sofía siempre llegaba a la habitación ubicada al lado de la de su abuelo. Desde allí, por la ventana, tenía una vista cuyo único límite era el horizonte.

Cerca de cumplir ochenta años, el aspecto del abuelo José Ignacio era el de un hombre que había vivido un siglo. Su vejez se evidenciaba más en su desánimo que en su aspecto físico. Nació en la estancia que heredó de sus padres. Una partera ayudó en el trance. Fue al colegio en Chos Malal, por entonces el poblado más cercano a la hacienda, y se graduó de Agronomía en Buenos Aires. Se casó a los treinta y enviudó a los cincuenta. No se volvió a casar y rara vez se supo de algún amor pasajero. Amó a su mujer, Inés -la abuela de Elisa y Sofía-, con quien tuvo un solo hijo -el padre de ellas- a quien llamó Enrique. El niño adquirió la seguridad que otorga el afecto incondicional de sus padres. Todos los días, cuando Enrique regresaba del colegio, se iba a caballo largas horas a recorrer la hacienda junto con su padre. Conversaban y jugaban como si tuviesen la misma edad. Esa rutina generó un sólido lazo de amor y amistad. Años después, cuando José Ignacio enviudó, entregó todo de sí para consolar, cuidar y educar a Enrique. La muerte de su esposa le hizo conocer los sinsabores de la soledad, que se acrecienta en las infinitas llanuras patagónicas. Desde que enviudó, su hijo pasó a ser el principal, si no el único, motivo de su vida. Cuando Enrique tenía 18 años se fue a la capital a estudiar Economía; allí se graduó y se quedó a vivir; se casó y tuvo dos hijas. Todos los años visitaban al abuelo y se quedaban en la hacienda casi todo el verano. Una mañana Enrique viajaba junto con su esposa hacia Pinamar. La muerte se interpuso en la carretera. Elisa y Sofía, adolescentes, pasaron al cuidado de la hermana de su madre que vivía en Buenos Aires.

La pérdida de su único hijo le afectó al abuelo de manera irreparable. Nunca se resignó a esa desgracia. Despotricó contra Dios, en quien creía hasta ese día, y maldijo su destino. El mismo día de esa muerte perdió su razón de vivir. Desde entonces pensó en la muerte como la única forma de acabar con su pena. Aunque ya habían transcurrido más de quince años desde el desventurado accidente, no dejaba de lamentar la partida de su hijo, como tampoco cesaba de pensar en él todos los días: recordarlo en forma permanente era el tributo que le rendía, era una forma de seguir amándolo. Sabía que viviría mientras lo recordara. Sabía que si le olvidaba, Enrique habría muerto para siempre. Evocarlo era una forma de mantenerlo vivo.

El abuelo trabajó toda su vida en la hacienda, y pese a su edad y a su mal estado de salud todavía la administraba. Tras dar un vistazo a las tareas, a pie o a caballo, regresaba a la casa y no salía el resto del día. Luego de almorzar hacía la siesta, imperdonable. De tarde se sentaba frente a la chimenea, que mantenía encendida casi todos los días del año, inclusive en algunas noches frescas de verano. Decía que el fuego encendido reconfortaba el espíritu. A ratos leía, a ratos dormitaba. Su salud se deterioraba de manera acelerada. Algo le dolía siempre, y cada día descubría una nueva dolencia. "El día en que algo no me duela será que ya estoy muerto". Tampoco hacía mucho para cuidar su salud; diríase que poco le importaba. Comía en abundancia -tal vez su única alegría-; no recordaba un día de su vida en que no hubiese tomado vino. Desde que tenía memoria bebía tres tazas de café al día y una copa de brandy después de la cena.

La visita anual de sus nietas apenas le distraía de sus rancios pesares. Prefería a Sofía sobre su hermana; la encontraba parecida a Enrique; tenía el mismo corte de su rostro y sus ojos azules; pero, sobre todo, la prefería porque era muy cariñosa y bondadosa con él. Desde que era niña sentía por su nieta un tierno amor; le encantaban su sonrisa, sus travesuras, la dulzura con que trataba a todos. Él le enseñó, con paciencia y dedicación, a andar a caballo, y a querer y tratar a los animales como miembros de la familia. Tras la muerte de sus padres, intentó en vano que sus nietas fuesen a vivir con él; pero, claro, por razones prácticas, se quedaron en Buenos Aires con su tía materna. Él le regaló a Sofía su primer violonchelo cuando cumplió quince años, y poco después asistió a su primera presentación en público. En forma constante la alentó para que estudiara música y practicara con su instrumento preferido.

Sofía le quería mucho; en forma inconsciente lo había reemplazado con su padre ausente. Desde la muerte de su hijo, Enrique, el abuelo viajaba todos los inviernos a Buenos Aires a visitar a sus nietas durante dos semanas. Para no incomodarlas se hospedaba en el hotel Crillón, en la avenida Santa Fe. Pasaba la mayor parte del día junto a ellas y conversaban largas horas. Estas visitas anuales contribuían a mantener el vínculo familiar de amor y solidaridad. Y si bien dejó de visitarlas hacía algunos años -por sus problemas de salud- continuaron en permanente contacto. De hecho, Sofía se mantenía pendiente de él, de su salud y su estado de ánimo, que lo sabía triste y afligido. Le llamaba por teléfono por lo menos dos veces por semana; hablaban largo rato, de casi todo. Ella trataba de transmitirle optimismo y alegría; le contaba con emoción los avances en su carrera musical, sus nuevos proyectos, sus sueños; pero sabía que era en vano, que desde hacía muchos años su abuelo vivía hundido en la melancolía.

En cuanto Sofía miró al anciano, notó que algo andaba mal. Lo percibió en su mirada, sintió que la miraba desde afuera, no desde lo profundo de su ser, sino desde un lugar lejano, como si ya no estuviera ahí, sino muy lejos. En cuanto entró a la casa olió ese peculiar aroma que allí habitaba y que, de inmediato, le traía antiguos recuerdos: su madre, sentada junto al fuego de la chimenea; su padre, caminando con sus botas de campo; ella y su hermana, correteando en el jardín o trepadas en las ramas de los árboles... Mientras arreglaba su cuarto y tendía su cama, trataba de dilucidar si tan sólo era una percepción momentánea o si, en efecto, algo le ocurría a su abuelo.

Tras descansar del largo viaje, Sofía tomó una ducha y se alistó para la cena. El abuelo había dispuesto que se preparara al horno de leña su comida preferida, una pierna de cordero patagónico. El aroma de su cocción a fuego lento era irresistible, la receta incluía vino blanco y yerbas frescas: una pizca de romero, abundante tomillo, orégano y estragón. Un Malbec reservado llenó las copas. El anciano comió y bebió con gran entusiasmo, acompañado de la alegre charla de sus nietas. Luego de la cena fueron a sentarse frente al fuego, como solían hacerlo año tras año, con una copa de brandy entre las manos. Sofía no dejaba de percibir que algo le pasaba al abuelo. No era el mismo de siempre. Su vieja melancolía no había variado, ahí la tenía entre las arrugas de su rostro, resonaba desde su voz cascada, resaltaba cuando gesticulaba con sus viejas manos huesudas, impregnadas de las inclemencias del viento y del frío, pero algo más mostraba su mirada, traslucía un nuevo matiz desconocido para ella.

Con excepción de un par de ocasiones -Navidad y año nuevo- en que dormía hasta tarde, Sofía se levantaba todos los días antes del alba y salía a la terraza abrazada de su chelo a interpretar su *Solo en el crepúsculo*, una pieza que siempre improvisaba. Mientras brotaba su música y las aves trinaban desconcertadas ante ese hondo y nuevo sonido, ella contemplaba el tenue avance de la luz sobre las sombras, ese prodigio cotidiano que acontece calladamente, en forma mansa e imperturbable. A diferencia de otros años, cuando durante esos momentos sentía la calma del amanecer, en esos días la intranquilidad de su espíritu se reflejaba en la zozobra que emanaba del grave lamento de su violón.

Sofía esperaba a Manuel, que anunció que llegaría a la estancia el 10 de enero. En forma diaria y antes de desayunar hacía ejercicios físicos para mantener firme su cuerpo, y sobre todo sus brazos que muchas veces lucía desnudos durante sus presentaciones en público. Luego de desayunar y bañarse, acompañaba a su abuelo en las tareas que demandaba el campo -donde nunca se descansa-. Por las tardes salía a caminar sola o con su hermana por el bosque de alerces, donde escuchaba el rumor del viento entre las ramas, o paseaba por las orillas del río donde escuchaba el alegre canto de las aguas. Antes de cenar se encerraba en su habitación a practicar el chelo. Desde hacía años sentía la necesidad -física y espiritual- de tocarlo a diario, sentirlo entre sus brazos y escuchar su voz.

Parecía que el abuelo no podía darse el lujo de enfermarse durante los largos meses en que permanecía solo en el campo, ya que no tenía quien le acompañara y consolara, quien le atendiera con cariño y entregara en sus manos las medicinas. Aunque hacía años, Leonor, la empleada de la casa, hacía las tareas de limpieza y cocina, el anciano no le tenía la confianza suficiente para que le atendiera en caso de enfermedad. Sofía creía que por esa razón su abuelo esperaba, año tras año, a que ellas llegaran para caer enfermo en cama justo aquellos días. En esta ocasión se enfermó del estómago; le dolía y tenía un poco de fiebre. Llamaron al médico, el doctor Salvador, viejo amigo de la casa, que recetó unas pastillas, hidratación y dieta blanda. Sofía y Elisa acompañaban al abuelo, cuidaban de que bebiera suficientes líquidos, de que no le subiera la fiebre y de que tomara sus medicinas a tiempo. Sofía se sentaba a su lado y leía poesía; al abuelo le gustaban Machado y Vallejo, sabía muchos versos de memoria y los repetía con su voz quebrada.

Tres o cuatro días le duró el trance. Una mañana amaneció sin fiebre y con mucho apetito, pero estaba muy flaco y amarillento. Sofía notó que se le había acentuado esa rara expresión en la mirada. Le persuadió de salir a caminar, pues la mañana estaba soleada y el viento era cálido y apacible. El abuelo caminó con dificultad; se apoyaba en su bastón y en el brazo de Sofía. Iban muy despacio. Todavía estaba débil.

-Cuéntame algo, hija, que me gusta escucharte.

-Nada, abuelo, qué bueno que ya te curaste.

-Espero almorzar bien y tomar buen vino, como Dios manda.

-Termina de curarte, abuelo, y vuelves a tus andanzas. Cuidado con una recaída.

-¿Y cuándo me dijiste que vendrá tu amigo?

-Manuel llega mañana, de Bahía Blanca enfila para acá.

-¿Y a qué se dedica?

-Es dentista y canta en un coro. Tiene una voz excepcional, ya lo vas a escuchar.

-Ya veo por qué te gusta…

-Además, es muy buen tipo, sencillo, no parece porteño.

-Debe tener algún defecto…

-Debe tenerlo, como todos, pero ninguno muy marcado, al punto que todavía no lo encuentro.

-Al principio es así, hija mía, después, los defectos aparecen de uno en uno. Amar es aceptarlos al punto de ignorarlos, de que no te molesten porque ya no reparas en ellos.

-Difícil.

-En una relación no se llega a ninguna parte sin tolerancia mutua. Además, es buen negocio, hoy por ti, mañana por mí. O, como decía un amigo: hoy por ti, mañana por la mañana…

-Sí, abuelo, es cierto. Aceptar al otro tal como es, quererlo a pesar de.

-¿Y este muchacho es tu novio?

-No es tan muchacho, tiene 35 años. Somos novios hace cinco meses, me gusta como es y le   quiero mucho.

22

En aquellos días que escribía esta historia me llamó Carla Malpedi, de la Cámara Argentina del Libro. Me dijo que en noviembre se realizaría un Congreso Internacional auspiciado por el Ministerio de Cultura y que se escogió mi obra, mis tres novelas hasta ahora publicadas, como una muestra "significativa" -no sé, así dijo- de la literatura latinoamericana contemporánea. Tras escuchar mi silencio, me preguntó si quería dar una charla sobre 'La nueva narrativa' durante el evento. Me sorprendió la llamada, porque era la primera vez que alguien de la Cámara se acordaba de mí. Luego de agradecerle, le dije que estaba escribiendo mi cuarta novela -esta- y que pese a la dedicación que eso me demanda, aceptaba la propuesta.

Una mañana en que caminaba de regreso a casa tras haber dado mis clases en la universidad, me di cuenta de que la mayoría de mis pensamientos se dirigían al pájaro que moraba en mi ventana. Me preguntaba si aún estaría con vida, si habría cambiado de sitio dentro del mismo cristal, si tal vez ya habría encontrado la forma de desatar sus amarras incorpóreas, o si quizás habría decidido salir del mismo modo misterioso como había entrado.

En cuanto llegué a casa fui hasta mi ventana. Ahí estaba el pájaro, en ese pedacito de mundo. Pestañeaba sin descanso y sin dejar de mirarme a los ojos, con esa mirada que ahora no sé si era de súplica, de miedo, o tal vez de inescrutable gozo pajarero. Al observarlo con mayor detenimiento advertí que el ave intentaba decirme algo pues abría la boca y exhalaba desde muy dentro de sí una sorda voz, una callada exclamación, con la evidente intención de que le saliera algún trino, algún sonido, algún pío pío, pero no brotaba nada, como si estuviera en aquel sueño reiterativo en que uno quiere decir algo y lo intenta una y otra vez en forma desesperada, pero todo es en vano porque no sale voz alguna, sino apenas un impotente y desesperado gemido.

23

Sentada junto a su abuelo frente al fuego de la chimenea, Sofía escuchó acercarse un auto por el camino de los robles. Miró por la ventana, era Manuel. Sintió alegría, ilusión de volver a verlo, ganas de abrazarlo y sentir su desmesurado abrazo de oso. Salió a recibirlo -percibió en su cara el polvo que acarreaba el viento- y lo vio bajar de su auto con su siempre amplia sonrisa. Se besaron en los labios y se dieron un largo y apretado abrazo. Manuel entró a la casa y en seguida sintió el calor del hogar y el aroma de los rescoldos de la chimenea. Sofía le presentó a su abuelo, que hizo el ademán de pararse para saludarle.

-No se levante señor Cattanei, mucho gusto.

-Encantado, esta es su casa, bienvenido.

Saludó con Elisa, que no paraba de sonreír y asentir con su cabeza, y de inmediato Sofía le encaminó hacia su habitación.

-Cuánto te he extrañado -le dijo Manuel, y se abrazaron y besaron.

-Yo también -alcanzó a musitar ella entre los besos.

La cena de bienvenida estaba servida: liebre a la cacerola con hongos silvestres; el abuelo había decidido destrozar la dieta sin consideración alguna. Sofía sacó los tesoros de su abuela: un mantel español de lino, la vajilla alemana y los cubiertos de plata peruana. Puso como música de fondo, en volumen moderado, una selección de arias de Verdi. El abuelo se sentó en su acostumbrada cabecera y Manuel en la otra. Todos comieron y bebieron en abundancia; la charla era amena, aguda y entretenida, saltaban de un tema a otro: la liebre les había contagiado su espíritu ágil, atento y perspicaz. El abuelo no dejó de examinar, con disimulo, a Manuel. Sofía no dejó de observar, con disimulo, a su abuelo, y si bien notó en sus gestos y miradas y en su forma de participar en el diálogo -escuchaba con atención, preguntaba con interés- su aquiescencia hacia Manuel, también notó -en sus silencios, en sus repentinas abstracciones- que el abuelo guardaba algo importante dentro de sí. Algo que no sabía qué era, pero que aleteaba en su mente cuando escuchaba la callada voz de su intuición.

Los días transcurrieron apaciblemente. Sofía y Manuel caminaron tomados de la mano por el bosque, los rayos del sol se filtraban entre las ramas. Caminaron a orillas del río, escucharon su canto, admiraron su incansable brío, recogieron piedrecillas de colores que guardaron como tesoros y llevaron a la casa. Pasearon largas horas a caballo, sintieron el vigor, la nobleza, la entrega del animal. Contemplaron las montañas, las mesetas y los valles que se extendían ante sus ojos. Compartieron el alba bajo la siempre improvisada melodía del chelo. Cocinaron el domingo –un infaltable asado de tira-. Durmieron juntos la siesta, abrazados en el sofá de la sala. Contemplaron los cambiantes colores del atardecer. Escucharon y se emocionaron con la música. Se sentaron por las noches a contemplar el fuego y a sostener largas y entretenidas charlas.

Manuel estuvo casi todo el tiempo con Sofía y, más bella que nunca, la contempló en pantaloncillos cortos, en falda corta, en pantalones apretados, en blusa blanca de mangas cortas, en camiseta apretada, en escote de infarto, en pijama y salida de cama al amanecer, y, como siempre, la deseaba, anhelaba tenerla desnuda entre sus brazos -toda ella sólo para él- y besarla sin dejar un solo milímetro a salvo. Contempló su rostro alegre, distendido, disfrutando del campo, del aire puro, del viento entre los árboles, del río y sus arroyuelos, apreciando la vida con todo lo que ofrece. La vio tierna y cariñosa con su abuelo, atenta a sus necesidades; lo mimaba, disponía sus comidas preferidas, iba al mercado a comprar los víveres, las flores, arreglaba la casa, la ponía más linda para el abuelo y para todos. Nunca antes había pasado tanto tiempo junto a Sofía; la conoció en otras facetas, ya no solamente en la de intérprete de violonchelo, en la de novia linda y elegante con la que salía en la gran ciudad a tomar café, a cenar, al teatro, a la ópera, a pasar el fin de semana entre amigos. La observó en una dimensión más amplia, vio a

Sofía la mujer de carne y hueso, la real, sin máscara alguna, la alegre y también la triste, la que observó a su abuelo con una expresión desconocida en su rostro, que ella no quería calificar por temor a que fuese lo que temía, y entonces había callado. No decía nada. Pero la vio que sufría, que se mimetizaba con el abuelo -como lo hacemos por compasión y de manera inconsciente con los seres queridos-, porque había hecho suyo y adoptado el mismo rictus, la silente expresión de un ánimo atormentado.

Era la última noche; Manuel sabía que volvería a verla después de tres semanas, cuando Sofía regresara a Buenos Aires los primeros días de febrero. Era mucho tiempo sin ella. -Durmieron en habitaciones separadas; esas eran las reglas de la casa-. La extrañaría. Ya se había acostumbrado a su diaria compañía, a la dulzura de su trato, a las largas caminatas y conversaciones, a los besos furtivos. La había deseado intensamente sin poder satisfacer sus ansias y, por el contrario, la pasión se avivó de tanto amarla, de tanto percibir la fragancia de su cuerpo, de tanto admirar su belleza y la plenitud de sus formas.

Para la última cena, Sofía se puso una blusa blanca de lino, bordada con un fino encaje cuyas transparencias alentaban a adivinar los tesoros ocultos, la piel que Manuel había saboreado lleno de regocijo, las turgencias que lo enloquecían y que, sabía muy bien, eran solamente una parte del banquete que ofrecía Sofía cuando entregaba su amor.

Para la cena, esta vez perdices -fruto de la zona, como el cordero y la liebre-, Manuel destapó una botella de la caja del Malbec que había llevado junto con otros manjares a la hacienda del abuelo. El café y el brandy -Cardenal de Mendoza, también un aporte de Manuel- lo tomaron en la sala. La noche estaba fresca; sólo se escuchaba el soplo del viento, el cielo mostraba su infinito cúmulo de estrellas. Cerca de la medianoche el abuelo se fue a dormir. A los pocos minutos, Elisa hizo lo mismo. Otras noches, también Manuel y Sofía se habían quedado solos en la sala, conversaban y alimentaban el fuego de la chimenea hasta que el sueño los vencía.

-Sofía, esta noche tengo que visitarte en tu habitación.

-Estás loco, ni lo pienses, el abuelo tiene oído de lobo.

-Este lobo feroz y hambriento va a entrar a tu cuarto esta noche, en completo silencio, y te va a comer sin que el leñador se dé cuenta.

-No, Manuelito, ¿y qué tal si el abuelo nos escucha?

-Va a pensar que hago lo que un hombre debe hacer con la mujer que ama. Se va a poner feliz.

-Imposible. Vas a tener que aguantarte como todo un hombre hasta que regrese a Buenos Aires.

-No puedo, estoy que reviento, o hacemos el amor o me vuelvo loco este mismo instante.

-Te vuelves loco, ¿cómo?

-Así.

Y los besos en el sofá, las caricias, y el mutuo deseo incontenible los llevó, en puntillas, hasta la habitación de Manuel, un poco más alejada de la del abuelo. Se arrancaron la ropa en dos segundos y en dos segundos más los amantes se entregaron dichosos al creciente brote del éxtasis.

Unos minutos después, afuera, entre los árboles, un perro aulló en los mismos instantes en que Sofía y Manuel alcanzaban la gloria.

24

Faltaban pocos días para que Sofía y Elisa retornaran a Buenos Aires. Durante su estancia en la hacienda del abuelo mantuvieron su apacible rutina de vacaciones y, aparte de la visita de Manuel, nada la alteró. Una mañana Sofía salió, como acostumbraba, a caminar con su abuelo. El cielo anunciaba lluvia, tal vez por la tarde.

-Abuelo, todo este tiempo que he estado aquí he notado que algo te pasa.

-¿Qué has notado?

-Es difícil decirlo, no sé, pero algo tienes.

-Siempre fuiste muy perceptiva, hija mía, inteligente e intuitiva como tu padre.

-Otras veces te he visto nostálgico, abuelo, pero esta vez sé que hay algo más. ¿Me quieres contar?

-Sentémonos bajo este roble. Todos estos robles que ves los sembró mi padre. Tardan en crecer pero viven durante siglos... Pero bueno, hablemos aunque no he pensado en hacerlo, así que me vas a disculpar de antemano si digo algunas tonterías. -Hizo una pausa, miró al cielo-. Lo que me pasa es que estoy cansado de vivir, así de simple. No quiero hacerte un drama sobre la vejez. De por sí es demasiado horrible como para hablar de ella. Además, mi decrepitud es evidente, basta verla, está aquí, instalada en este viejo oxidado. Basta con verme y verás la vejez. Pero ese no es el punto. El punto es que estoy muy cansado y ya no quiero vivir más. Hace rato perdí el sentido de la vida, lo sabes muy bien. Cuando murieron tus padres se me acabó la vida. A partir de esa tragedia no encontré más motivo para vivir. Y no lo tomes a mal, no se trata de desamor hacia ti o hacia tu hermana; las amo, haría cualquier cosa por ustedes, soy su abuelo. Ustedes ya están grandes, ya pueden defenderse solas, ya han encaminado, y con éxito, sus vidas. Ya no me necesitan más, ya puedo irme en paz. La hacienda es de ustedes, es su herencia, cuídenla, consérvenla, respeten lo que ha sido la tradición familiar: está prohibido vender un solo centímetro de esta tierra. Pase lo que pase, deben conservarla íntegramente. Bueno, pero volvamos al tema -se detuvo unos instantes, ahora miraba a lo lejos; exhaló profundamente y exclamó:

-Sofía, mi nieta querida, ya me quiero morir. Hace unos días que me sentía mal, por lo del estómago, pensé con alegría que había llegado mi hora. Aquí, entre nos, te cuento que no tomé ni media pastilla de las que me recetó el doctor Salvador. Si sigo vivo es por milagro. O tal vez por tus cuidados, por exigirme tomar líquidos todo el día. No te movías de mi lado si no terminaba mi vaso de agua. Otra vez, mil gracias, hija mía. Hace años, cuando era joven, mientras vivía tu padre, yo decía que no le tenía miedo a morir; también lo digo ahora. No tengo miedo a la muerte, pese a estar seguro de que no hay nada después de esta vida. Quienes creen que después de la muerte les espera el cielo donde se reencontrarán con sus seres amados y vivirán eternamente, tal vez tengan ilusión de morir. Pero yo creo que nos morimos y se acabó todo. Hay quienes tienen miedo a eso, a enfrentarse a la nada. Otros tienen miedo al tránsito entre el ser, lo conocido, y el dejar de ser, lo desconocido. Tienen miedo a sentir cómo el espíritu se desprende del cuerpo, que, te digo, debe ser una sensación parecida a cuando te sacan una muela de raíz...

-O tal vez no sientas nada, como cuando te quedas dormido -dijo Sofía.

-Sí, es lo más probable. Tal vez sientas miedo ese momento si estás consciente del trance en que te encuentras, aunque usualmente no te das ni cuenta porque estás medio inconsciente. Pero en la vejez, cuando ya quieres morirte, más que miedo sientes alivio. Las ganas de morir te hacen aceptar y desear la muerte, y perder el miedo. Porque, además, no puede subsistir el miedo después de morir, ya que no queda una sola neurona que sobreviva a la muerte cerebral. Se apaga la luz…, y ya está. El mismo instante en que te mueres termina tu miedo. La conciencia del ser habita en tu pensamiento, que, a su vez, habita en tu cerebro. Acabado el cuerpo, acaba la conciencia, se olvidan para siempre tus recuerdos, dejas de pensar. Ya no eres tú; tu yo se diluye en el cosmos; regresamos allá, de donde vinimos. Otra cosa es lo que llamamos el espíritu, aquello que hace años me hacía emocionar ante el amor que sentía por tu abuela, por mi hijo, por mis nietas. Aquello que me hacía emocionar al contemplar la luna llena, el arcoíris, las estrellas en el cielo. Aquello que todavía hoy me conmueve cuando te escucho todas las madrugadas tocando el chelo, hija mía. El espíritu es la materia del cosmos, por eso es eterno; perdurará mientras transcurra el tiempo. Y cuando muera el cuerpo en que habitó, el ánima retornará al universo, su hogar primigenio. Pero todo esto es otra cosa. Caminemos un poco, pero despacio, por favor.

Continuaron su trayecto por el largo sendero bordeado de robles; sus ramas entrelazadas tejían una caprichosa cubierta. Soplaba el viento, se sentía la humedad en el aire. El cielo estaba nublado. A lo lejos, hacia las montañas, volaba un pájaro grande, tal vez sería un cóndor. Siguieron caminando; solamente sus pasos rompían el silencio.

-Cuando era joven y vivían tu abuela y tus padres, yo decía que más que miedo a morir me daba pena de morir. Porque amaba la vida y quería seguir viviéndola. Morirme, entonces, me hubiera dado una gran pena. Porque me gustaban muchas cosas de la vida, y la sola idea de no seguir disfrutándolas me entristecía. Entonces quería vivir porque podía apreciar tantas maravillas: la buena vida que tenía con tu abuela, cómo nos amábamos, cuánto nos reíamos. Y así, todo lo demás, la indescriptible felicidad que sentí cuando nació Enrique, tu padre, nuestro único hijo, mi Quique amado, que hasta hoy se me quiebra la voz al nombrarlo y se me humedecen los ojos… El campo, las montañas, los lagos, el río que lo escucho desde siempre; en fin, tanta cosa, salir a cazar; regresar a casa con un par de liebres y echarlas a la cacerola; engordar un cordero para asarlo y devorarlo con un litro de vino; salir a pescar de madrugada, y regresar a casa de tarde, agotado, pero feliz con las truchas para la cena. La vida, la vida, tanta cosa estupenda que te ofrece… Sentarme con tu abuela por las noches frente a la chimenea, hablar de todo y de nada, o permanecer en silencio tomados de las manos mientras sonaba Mozart y te vencía el sueño. Levantarme temprano, calzarme mis botas, ponerme la cazadora, calarme el sombrero, montar mi caballo y recorrer la hacienda sintiendo el frío de los Andes, el viento que surge de las quebradas, los arroyuelos que bajan de los cerros.

Se detuvieron unos instantes. Sofía se adelantó unos pasos a retirar una rama caída que interrumpía su camino. Una parvada de patos cruzó el cielo.

-Yo amaba la vida; la sola idea de dejar de vivir me causaba una inmensa pena. Pero esa alegría, esas ganas de disfrutar la vida desaparecieron de un día para otro. Todo se perdió. Todo. Primero murió tu abuela. Bueno, pude comprenderlo, pude aceptarlo; así es la vida, los adultos nos morimos, más tarde o más temprano; no hay nada que hacer. Fue algo terrible, la lloré durante años, sin consuelo, en soledad, en medio del inconmensurable silencio de las noches, en medio de la habitación vacía y la cama infinita y helada. Lloraba mientras Enrique dormía para que no escuchara mi llanto, para no contagiarle mi pena. Entonces volqué mi razón de vivir en mi hijo, de alguna manera, la mitad de él era su madre, ¿me entiendes?, él era un poco ella, y ni tan poco, la mitad, la otra mitad era yo, ¿me entiendes? Si algo quedaba vivo de tu abuela era mi hijo; entonces, cuando Inés murió, todo el amor que le tenía lo deposité en él. Ya sabes el resto de la historia. No te la voy a contar otra vez. Además, ahora mismo me pondría a llorar. Lo único que te quiero decir es que ya quiero morirme, que ya no quiero vivir más.

Caminaban despacio, tomados del brazo. Ya lejos del sendero arbolado, avanzaban por la huella que durante años había dibujado en la tierra la manada de ovejas y que iba del cerro Pelado hasta los corrales, y pasaba cerca de la casa.

-Tal vez no sea tristeza lo que ahora ves en mis ojos, sino la determinación de morir. No te asustes. Alégrate, Sofía. Alégrate de mi júbilo pues al fin voy a terminar de sufrir, al fin voy a terminar con mi pena. A partir del siguiente instante en que esté muerto, mi pena habrá desaparecido, ya no sufriré más, ya está, se acabó. Ese es el remedio. Ese es el camino hacia la paz y la libertad definitivas. Hace años que conocía esta cura. Pero no daba el paso por no creerlo oportuno. La verdad, por muchas razones. No sólo porque quería verlas grandes a ustedes, no dejarlas tan solas, ya bastante solas se quedaron cuando murieron sus padres. Habría sido muy egoísta si me iba para siempre sin pensar un poco en ustedes. También tenía otras razones. Debía arreglar algunas cosas de la hacienda, dejar en orden las cuentas, en fin. Pero tampoco daba el último paso porque había algo que no comprendía. Me devanaba los sesos en el intento de entender si el suicidio era un acto de cobardía o de valentía. Por un lado pensaba que era un cobarde al querer suicidarme y no soportar la pena que vivía. Por otro lado pensaba que tenía que ser muy valiente para acabar con uno mismo. Una noche, luego de tres brandys, comprendí que el suicidio implicaba las dos cosas. No quiero abundar en el tema que me parece bastante trillado y, a la postre, muy simple. Y ahora te diré algo más, ¿quieres escucharme?

-Sí claro, abuelo.

-Luego de superar ese tema tuve una revelación: comprendí con absoluta claridad que, sobre todo, el suicidio es un acto de amor. ¿Te sorprendes? Es un acto de infinito amor contigo mismo. De profunda compasión con ese ser atormentado que sufre y que lo único que quiere es dejar de sufrir. Tan es así que tu ser compasivo mira a tu ser sufrido y le dice: oye, no sufras más, yo alivio tu pena. ¿Hasta qué extremo de amor puede llegar tu piedad, que para terminar tu angustia decida cometer tu propio crimen? Se necesita amarse mucho, comprender tu propio sufrimiento, apiadarse y compadecerse con uno mismo para vencer tu instinto más fuerte, el de la vida, y ser capaz de matarte a ti mismo. Y después, una vez que estés muerto, una vez que hayas aliviado para siempre tu pena te dirás con entusiasmo ¡qué buen tipo es este, por fin acabó con mi pena!, ¡cuánto le agradezco, doctor Muerte!, ¿cuánto le debo? Vuelva siempre a curar a los enfermos, a los que sufren, a los que ya no quieren vivir más. Pero hágalo de manera oportuna, ¿eh?, ni antes ni después.

-Abuelo…

-Te dije de antemano que me disculparas por las tonterías que diría. Ya está, ya te las dije. No me hagas mucho caso; hace rato que estoy medio loco. Ahora vamos a apurar el almuerzo que tengo hambre y quiero descorchar un Rioja que hace años guardo para un día como hoy. Vamos, antes de que se avinagre.

25

Todavía conmocionada tras escuchar al abuelo, lo primero que Sofía pensó fue impedir que hiciera lo que había insinuado. Evitarlo a toda costa. Pero no podía quedarse en la estancia; al día siguiente debía regresar a Buenos Aires, debía retomar las prácticas con el quinteto, ya que la tercera semana de abril viajarían a un festival en Canadá. Pero casi no le quedaba tiempo para hacer algo que impidiese esa decisión de morir. Tampoco tenía claro qué podía hacer; sabía que cuando su abuelo tomaba una determinación, no había fuerza humana capaz de hacerle cambiar de opinión. Lo primero que se le ocurrió fue contárselo a Elisa. El abuelo haría la siesta después de almorzar. Sería la ocasión oportuna para hablar con su hermana. Le costó mucho contarle el asunto; ella era mucho más sensible a esos temas, mucho más cerrada a comprender esas cosas. Buscando las palabras adecuadas, con mucha prudencia, poco a poco, Sofía le contó todo el rollo. En buena hora estaban lejos de la casa, por los corrales, porque, si no, los gritos y lamentos de Elisa hubieran despertado al anciano. Aunque no paraba de sollozar, se calmó un poco, no cuando agotó sus preguntas tratando de entender -en vano- las razones, sino cuando pudo decir las suyas:

-Pero es que, además, el único dueño de nuestra vida es Dios. Nosotros no podemos disponer de ella porque no nos pertenece. Debemos morir cuando sea la voluntad de Dios. Decidir la muerte implica contradecir los designios divinos, lo cual, además, es un pecado.

Elisa no aceptaría, de ninguna manera, cualquier argumento que contradijera sus creencias católicas. No dejaba espacio para pensar de otra manera. No estaba de acuerdo con "las locuras del abuelo", y punto. Por el contrario, Sofía no era católica, no juzgaba las ideas del anciano bajo esa óptica, tenía la libertad de pensar a su manera; inclusive en un momento de aquella charla pensó que el abuelo tenía razón. Sin embargo, en algún lugar de su corazón sentía que no podía permitir que el abuelo se suicidara; sería como si perdiese una batalla; se sentiría culpable de no haber estado más cerca de él, de no haberle dado más cariño, de no haber sido sensible y solidaria ante su pena, de no haber tratado de aliviar su sufrimiento, etcétera, etcétera, etcétera, porque el sentimiento de culpa es un ovillo sin fin.

Tras calmarse un poco, lo primero que pensaron fue en proponerle que fuese a vivir con ellas a Buenos Aires, pues tal vez la soledad del campo acentuó la pena del abuelo y alentó sus deseos de morir. Si estuviese acompañado, pensaban, podría aliviar su sufrimiento y olvidarse de esas ideas. Si viviera con ellas, les resultaría más fácil "vigilarlo", estar atentas a cualquier señal, sacarlo de algún estado depresivo agudo que lo impulsara a acabar con su vida. Podrían darle calmantes, podrían darle esas pastillas que te recetan los siquiatras para evitar que te deprimas mucho. Si, por último, el abuelo se negaba a dejar su casa e irse con ellas a Buenos Aires, podrían buscar la ayuda de un sicólogo que le animara, que le sostuviera, que le ayudara a comprender que la vida merece ser vivida hasta el último aliento. También podrían buscar alguien que lo acompañara y viviese en su casa para que no estuviera solo; tal vez un amigo, alguna persona que le hiciera sus horas más llevaderas.

Elisa llegó a decir que lo mejor sería sacar al anciano del campo 'a toda costa' y llevarlo a vivir con ellas. Que una vez en su casa debían acompañarlo y alegrarle sus días para evitar cualquier desgracia, pues todo era preferible a cargar con la culpa de haberlo dejado 'cometer una locura'.

Sofía no sabía realmente qué hacer. Lo único que tenía claro era que no podía cruzarse de brazos y no hacer nada; no se perdonaría nunca no haber hecho todo lo posible para evitar que su abuelo concretara su plan; si no lo evitaba, se sentiría cómplice de su muerte, cargaría con la culpa toda su vida. Le espantaba la idea de no lograr evitarlo, de no persuadirlo y de que finalmente el abuelo recurriera a un método sangriento. Le aterraba ver sangre derramada. La idea le despertaba el trauma que sufrió cuando supo que sus padres quedaron prácticamente destrozados tras el choque en que murieron, y que sus cuerpos permanecieron durante varias horas atrapados entre los fierros retorcidos. No soportaba pensar ni un solo instante que el abuelo se pegara un tiro y que sus cerebro destrozado volara por los aires.

Lo primero que se le ocurrió fue no regresar a la capital como tenía previsto y permanecer en la estancia. En esas circunstancias no podía alejarse de su abuelo. No lo pensó más y llamó al director del quinteto; sin darle detalles, le dijo que no podía regresar a Buenos Aires a iniciar las prácticas, ya que tenía un asunto urgente que atender. También llamó a Manuel; le dijo que su abuelo estaba en una situación delicada -ya le explicaría- y le pidió que por favor regresara a la hacienda lo antes posible, que necesitaba que estuviese a su lado. Tras cerrar la llamada se sintió un poco aliviada, no se habría perdonado si algo ocurría en su ausencia.

Cuando instantes más tarde se vio a sí misma pensando que, si no lograba evitarlo, sería mejor que el abuelo se tomara una fuerte dosis de somníferos para que, al menos, tuviese una muerte más indulgente, más mansa, con un lento y casi imperceptible caminar hacia la nada, se dio cuenta de que de algún modo aceptaba la idea, se dio cuenta de que tal vez no debía contrariar la voluntad del abuelo, que realmente quería terminar con su largo padecimiento. ¿Quién era ella, se preguntaba, para impedir que alguien cumpliese su última voluntad, sobre todo si ese postrer deseo le aliviaría de un insoportable sufrimiento? ¿Quién era ella, se cuestionaba, para imponer su manera de pensar sobre otra persona? ¿Por qué no respetar la decisión del anciano, aunque no estuviese de acuerdo con ella? ¿Por qué no aceptar su decisión, si él era el único dueño de su cuerpo y de su vida?

Cuando el abuelo despertó de la siesta y enseguida pidió una taza de café, Sofía se dispuso a hablar con él. Prefería hacerlo a solas, sin la presencia de su hermana que en absoluto no estaba de acuerdo con el tema. La oportunidad se presentó cuando Elisa fue al pueblo a hacer unas compras. Ya en la sala, Sofía prefirió sentarse al lado del anciano. Le tomó de la mano y abordó el asunto. Ni bien inició la charla se dio cuenta de que la decisión del abuelo era inamovible, y que rechazaba de forma terminante la idea de ir a vivir con sus nietas, o de encontrar alguna compañía permanente.

-Además, hija mía, pronto seré un viejo de mierda. Cada día me duele algo distinto, ya casi no puedo caminar, cada vez mi memoria está peor, me olvido de todo, a veces no sé a quién veo cuando me miro al espejo, no sabes cuánto trabajo me cuesta vestirme y desvestirme, cada día temo llegar al extremo de orinarme encima, de no darme cuenta de cuándo debo ir al baño, de comenzar a usar pañales, de chorrearme la sopa, en fin, todo eso que me resulta ignominioso, vergonzoso, insoportable. Prefiero morir y enfrentar la incertidumbre de la nada, que vivir de manera tan oprobiosa. No debemos perder nunca la dignidad; todo puede ser, pero si ya no tienes la capacidad o la fuerza de mantenerte digno, es preferible morir. ¿Y qué tal si me da un derrame cerebral y me quedo peor que una berenjena? Porque bien sabes que tengo la presión alta y que a la corta o a la larga... Quiero evitar eso, anticiparme a ese suceso nefasto que me dejaría incapacitado en forma total o parcial, que me conduciría a la situación lamentable, más triste todavía, de darme cuenta, con las últimas neuronas sobrevivientes, de que estoy hecho una miseria, una miseria espantosa como decía algún cómico de mi época.

Sofía no pudo evitar el llanto. El panorama que le pintaba el abuelo era calamitoso, y no exageraba; sabía que muy pronto el anciano podría llegar a la situación descrita. Se vio a sí misma de vieja y sintió terror de llegar a la decrepitud que el abuelo describía. Tal vez tenía razón; si ya decidió morir, era preferible que lo hiciera antes de llegar a ese estado lamentable.

-Además, hija mía, te digo otra cosa en contra de la vejez y a favor de la muerte, y ahora voy a citar a Borges: "En la vejez el animal ha muerto.

Quedan el hombre y su alma". Terriblemente descarnado, pero cierto. Nos ocurre a los viejos, que poco a poco todo nos sabe a nada. Ocurre que de manera imperceptible, pero a la vez inevitable, perdemos el gusto a todo. Ya no late dentro de nosotros aquella pasión que sentíamos por algunas cosas de la vida, y que nos hacía sentirnos felices, desbordantes de júbilo, pletóricos de alegría, inundados de paz, de calma, de gozo. No. Ya de viejos todo es tibio, todo es gris, da lo mismo una cosa que otra. Hay muchos días en que nos cuesta horrores levantarnos de la cama; no tenemos ganas sino de quedarnos entre las sábanas, desconectados de todo, sin pensar en nada. No sabes cuánto esfuerzo hago para levantarme, cuánto debo vencer mi apatía, mi desgano, mi desdicha, para dar el primer paso. Muchas veces me levanto sólo porque ya se revienta mi vejiga; si no, me quedaría en la cama todo un siglo. Nada vale la pena. Ya nada nos alienta, ya nada nos regocija. Perdemos hasta el paladar, sabemos que estamos comiendo algo delicioso porque lo sabemos, pero no porque sintamos el sabor de nada. Entonces, de viejo, queda el hombre solo, sin su bestia que lo mueva, sin la fuerza del animal que te impulsa y te impele a luchar, a trabajar, a cantar, a progresar, a viajar, a emprender un proyecto, a superar los problemas, a comer la carne a dentelladas, a beber como ruso, a follar como se debe. Perdóname, pero es así. De viejo, el hombre ha quedado desnudo, ha perdido su espíritu para siempre. Y queda adolorido, con sus huesos viejos, con sus articulaciones sin grasa, con todos sus órganos gastados, o al menos con aquellos pocos que no te hubiesen extirpado los matasanos. Y queda tu alma, tu conciencia, que si has tenido una buena vida o si eres muy cínico, te deja en paz, no te atormenta todo el día; más bien te alivia, te consuela, te acompaña. Imagínate el infierno de aquel a quien le atormente su alma...

Sofía pensó que no cabía insistir, que debía respetar la decisión de su abuelo y darle todo su amor, mostrarle su compasión y comprensión; debía estar a su lado, mimarlo. Pero pensaba que tampoco podía sentarse a esperar que se matara. No sabía qué hacer.

-Y, además, no te olvides de que la mayoría de mis amigos, si no todos, ya están muertos. No queda nadie vivo. Conozco más gente muerta que viva. Eso significa que estoy más allá que acá, que pertenezco más al otro mundo que a este. Aquel es más mi lugar que este. Todo lo que te digo, mi querida Sofía, me hace anhelar la muerte, y además, escúchame bien, me siento listo para morir. Año a año, uno se prepara para ello; los achaques, las enfermedades, los dolores, el presenciar el lento -pero constante- deterioro de tus facultades físicas y mentales, no hace más que ablandarte y lograr que te resignes a la idea de morir. Piensas que la muerte es la única solución para todos tus males. Y lo es.

26

Cuando bregaba por encontrar las palabras adecuadas para iniciar un nuevo capítulo de este relato, mi atención se desvió hacia mi ventana. No lo pude evitar y me acerqué.

Observé que un par de plumas se había desprendido del cuerpo del pájaro, y si bien permanecían dentro del vidrio, una estaba sobre su cabeza y otra bajo el pecho. Parecía que el ave se había movido. Yo recordaba que la última vez que la vi estaba un poco más arriba y a la derecha de donde se hallaba en este momento. Tal vez quiso cambiar de posición por tener amortiguada un ala o el cogote, o quizás estaba incómoda con una pata medio torcida, o, quién sabe, ya quería zafarse de sus cadenas incorpóreas, que la sujetaban de modo incomprensible. Era evidente que el pájaro no sabía qué carajo hacía ahí atrapada. Su expresión de desconcierto era absoluta. Tal vez quería que le ayudase a escapar de su encierro para volver a su libertad de ave que vuela por los cielos. Tal vez quería regresar a su simple y bella vida de pájaro que salta de rama en rama. Me di cuenta, por su expresión de incertidumbre y azoramiento, de que el ave no sabía si yo también era el vidrio, si yo era parte de la trama que quería tenerlo ahí encerrado, si yo estaba a su favor o en su contra, si podía o no confiar en mí. Qué descomunal angustia debía sentir al no saber nada de nada, al no tener ninguna certeza.

El ave debió intentar liberarse cuando yo no estaba en casa; debió intentar escapar de su prisión, terminar con el absurdo de hallarse atrapada dentro de un vidrio. Por eso se había movido y perdido un par de plumas. Al verlo ahí, despatarrado, pensaba que el pájaro solamente podría salir del modo en que entró, ¿o habría otra manera? Tal vez yo debía buscar otra manera; tal vez pudiera romper el vidrio para que escapara; pero dudaba; al romperlo podría lastimarse, quedar herido de muerte, morir, o, lo que sería peor, quedar inválido para siempre, con un ala rota, o torcido el cuello, en cuyo caso jamás me perdonaría, no podría consolarme diciéndome que no fue mi intención, que yo intentaba liberarlo, que fue un accidente. No. Además, me preguntaba si tal vez el pájaro buscó a propósito entrar en el vidrio; si tal vez eso fue lo que quiso y lo intentó; trató de varias formas y, finalmente, lo había logrado. Me preguntaba si tal vez quería vivir así por siempre -en la pétrea eternidad de las aves-, o quizás conocía la forma de salir y lo haría cuando le viniese en gana, o cuando ya sintiera su frágil cuerpecillo muy amortiguado, o cuando tuviera hambre, o sed, o un feroz aburrimiento, o una insoportable melancolía por su pájara, por sus pajaritos, por su nido, por sus amigotes, por su bandada, por los árboles, por el viento, o por el espacio abierto e infinito… No, no, me decía, no debo hacer nada. Debo dejarlo allí donde está y tal como está. Respetar su decisión, o por último respetar lo que el destino le ha deparado. ¿Quién era yo para ungirme en salvador de pájaros?

27

Al día siguiente, en cuanto Sofía escuchó que Manuel llegaba, salió a recibirle. Antes de que entrara a la casa le contó todo. Todavía sollozando, buscó su abrazo; sintió alivio junto a su pecho, sintió que la carga de su pena le resultaba menos pesada, que no estaba sola, que ese hombre amable y solidario la acompañaba.

Durante el día notó que el abuelo estaba un poco más animado de lo usual. Después de su siesta y su taza de café, infaltables, quiso salir a caminar por la orilla del río. Hacia allá salieron los cuatro. Caminaron tomados del brazo, el abuelo con Elisa, Sofía con Manuel. El torrente de las aguas había crecido, se escuchaba su canto impetuoso. A lo lejos se divisaba un manto de lluvia sobre las montañas. El fragor de un trueno anunció la tormenta.

Regresaron a la casa con las primeras gotas de lluvia. Ya en la sala, sentados, el abuelo anunció que el próximo sábado prepararía su receta favorita, una pierna de cordero al horno de leña, y que para esa ocasión tenía guardado un antiguo borgoña que no podía esperar más. Todos asintieron, entusiasmados; Elisa haría el postre de café con crema; Sofía prepararía unas verduras de la huerta, y Manuel, una tortilla española.

Cenaron acompañados del clamor de la tormenta; luego fueron a la sala, donde conversaron hasta cerca de la medianoche, cuando se fueron a dormir. Llovía a cántaros. Los sapos entonaban su sinfonía.

Al amanecer, Sofía salió a la terraza a tocar el violonchelo. Lo había hecho todos los días, como acostumbraba, desde que llegó a la hacienda. En cuanto sintió el aire límpido y puro de la mañana, se dio cuenta de que la lluvia había cesado. Olía a tierra húmeda. Soplaba una tenue brisa. Aspiró profundamente y percibió que reinaba una calma inusual; el silencio era apenas roto por los primeros trinos de las aves. Había leído en algún lado que el espíritu de la naturaleza reverdece después de las tormentas. La paz que sentía debía obedecer a ese renovado fulgor. Al tocar su violón quiso impregnar ese sentimiento a su improvisada melodía. El arco acariciaba el puente y la voz que emergía era afable y serena.

Al entrar a la casa notó que la puerta de la habitación del abuelo permanecía cerrada. Eso era inusual, pues siempre que ella ya estaba de regreso, encontraba al abuelo ya levantado y preparando el café. Todavía con el chelo en su mano, se detuvo unos instantes y trató de escuchar algún ruido que proviniese del interior; no escuchó nada. Golpeó la puerta. Nada. Golpeó otra vez, con más fuerza. Nada. Entonces entró.

El abuelo, acostado en su cama, parecía dormir plácidamente. Sofía dudó en despertarlo, no quería romper la serenidad contenida en su rostro. Tras observarlo durante unos segundos, se paró a dos pasos de la cama y le dijo: buenos días, abuelo. No contestó. Avanzó dos pasos y tocó su hombro. Nada. Lo sacudió con un poco más de fuerza y nada. Tocó su frente y sus mejillas y sintió el inclemente frío de la muerte. Entonces gritó y, entre sollozos, llamó a su hermana y a Manuel, que, asustados, acudieron enseguida. Tras constatar el hecho, lloraron los tres abrazados.

Pocos minutos después llegó el doctor Salvador. Confirmó el deceso. Luego, tras sobreponerse levemente a su inmensa tristeza y una vez a solas con el médico, Sofía le pidió que lo examinara en detalle para determinar de manera precisa la causa de la muerte.

-Está clarísimo que José Ignacio sufrió un paro cardio-respiratorio mientras dormía. Seguramente no sintió nada. Si algo sintió, habrá creído, a lo sumo, que sería algún sueño disparatado.

-¿Está completamente seguro de que esa fue la causa de su muerte? ¿No hay señales de nada más?

-No hay rastro alguno que pueda hacerme pensar en otra causa.

-Perdone que le insista, doctor, pero tengo mis dudas…

-Ya sé a lo que te refieres, Sofía. Tu abuelo me contó que no guardaba secretos contigo…

-¿A usted le contó sus intenciones?

-Yo era su amigo además de su médico. Hablábamos de todo.

-Entonces, doctor, ¿puede ver si, en efecto, mi abuelo lo hizo?

-Espera, déjame ver un poco más. ¿Tal vez, sabes dónde guarda sus medicinas?

-Sí, en el cajón de su velador.

-¿Puedes abrirlo, por favor, y darme todas las medicinas?

-Sí, claro.

Tras un rápido vistazo, el doctor Salvador se ratificó en su diagnóstico inicial. No cabía duda alguna: su antiguo paciente y amigo había muerto de causas naturales. Tras despedirse, salió con una expresión muy diferente a la que tenía cuando entró a la casa. Ahora estaba en completa paz consigo mismo. Un par de años atrás habían conversado sobre la muerte digna y José Ignacio le imploró, abusando de su amistad, que le proveyera del cóctel adecuado. Él se negó de manera reiterada, pero su amigo se lo pidió en forma desesperada. Luego de un tiempo y tras mucho meditarlo accedió a complacerlo, advirtiéndole, sin embargo, que si no guardaba el secreto de modo absoluto podría verse en muy serios problemas legales que le acarrearían no sólo la pérdida definitiva de su licencia profesional, sino también la cárcel. Una tarde había ido a la casa de Cattanei. Llevaba en su bolsillo un frasco cuya etiqueta decía Opobyl, un laxante descontinuado, que cerró y selló de manera inviolable. Se lo entregó a su amigo repitiéndole la advertencia de guardar el secreto -y las tabletas en muy buen recaudo- y diciéndole que para que la receta fuese efectiva debía tomar todo el contenido de una sola vez, y mejor con agua que con vino. Cuando el médico recibió las medicinas de manos de Sofía, tomó entre sus dedos el frasco de Opobyl y observó que el sello estaba intacto. Al sacudirlo levemente, por mayor precaución, escuchó que su contenido estaba completo. Se lo guardó en su bolsillo, sin que nadie lo advirtiera, y salió aliviado.

28

Ya terminado el verano, Buenos Aires reanudaba su ritmo frenético e incansable. Las primeras lluvias y los vientos de otoño desprendían de los árboles sus hojas moribundas. La ciudad adquiría lentamente un matiz gris parduzco, de foto desteñida por el tiempo, de tiempo encerrado en reloj de arena. La gente retomaba su máscara mustia y la sacaba a pasear sin desenfado: era el uniforme oficial, todos la portaban. Aumentaba el número de caminantes solitarios que, refugiados en su mundo, iban de acá para allá sin detenerse sino cuando llegaban a destino. Muy pocos se permitían reír o jugar en media calle, tal vez sólo los colegiales, todavía no contagiados de adultez. Las palomas volaban de techo en techo y ensuciaban todo a su paso; por alguna razón desconocida, aunque presumible, preferían arrojar sus excrementos sobre las estatuas de ciertos próceres.

Manuel había regresado a su rutina, el consultorio dental y el coro. Casi todos los días almorzaba con Sofía, solían ir a dos o tres restaurantes de buen precio y cercanos a sus lugares de trabajo. Pasaban juntos la mayoría de los fines de semana, desde el viernes por la noche hasta el domingo después de cenar. Manuel pensaba que la relación se había consolidado. Sentía que Sofía se había soltado, ya no tenía las reticencias de los primeros meses, ya no se guardaba en expresar su afecto, ya había perdido el miedo a enamorarse -una tarde se lo confesó-, y cada vez confiaba más en él y en su amor. Sentía que Sofía se entregaba no sólo con mayor, prolongado y múltiple disfrute -lo cual es una envidiable cualidad femenina- sino también sin guardarse nada para sí. Lo sentía en la forma cómo lo abrazaba -plenamente, con ganas, con fuerza- y en el derroche que hacía de sus besos, como si no le importara que se agotasen todos en una sola noche. La amaba y estaba feliz de tenerla a su lado.

También se consideraba un hombre dichoso porque amaba lo que hacía. Cada vez cantaba mejor y Sofía alentaba su sueño de optar por una plaza disponible de barítono en la Ópera Nacional. Debía participar en un difícil y exigente concurso entre varios cantantes muy competentes, algunos de ellos con vasta experiencia en otros países. Sofía le infundió la confianza necesaria para competir; le animó con sus palabras expresándole su entusiasmo ante su inigualable timbre de voz y las emociones que transmitía con su canto. Cada día, mientras practicaba para el concurso bajo la tutela de una experimentada profesora, él sentía que lo podía lograr. Ella nada le decía, pero en cada clase le exigía que diera lo mejor de sí, de manera consciente y sin desmayo. Le recordaba que debía cantar enlazado con su corazón y expresando las emociones de la manera más acentuada posible.

Manuel amaba cantar. El canto era su vida y su forma de vivir, tal como quería: en el extremo de la pasión. Con excepción del amor que sentía hacia Sofía, las otras cosas de la vida -su trabajo, los amigos, los manjares de la mesa- le generaban placer y felicidad, pero nada le resultaba tan excelso como amarla y cantar. Cuando tenía a Sofía desnuda entre sus brazos y, luego, sin apuro, en el trayecto hasta saciar mutuamente sus deseos, sentía un éxtasis muy parecido al que experimentaba todo su ser mientras cantaba. Cuando unía su voz a la del coro, se sentía como los árboles en el bosque que bajo la tierra son uno solo, entrelazados por sus raíces.

El reto de cantar en la ópera, para el que se preparaba con ilusión y esfuerzo, implicaba ciertas dotes de actor que también ensayaba. Debía expresar las emociones, ya no sólo con su voz sino con todo su cuerpo; debía tener presencia y personalidad en el escenario e interactuar con las emociones y sentimientos de los otros partícipes. Y todo ello siguiendo al director y a la orquesta frente a un público cada vez más exigente (por fortuna).

Sofía continuaba con su vida: el chelo y el quinteto, con el que pronto viajaría a Canadá. Ya tenían casi listo el *Quinteto para cuerdas en c menor, Op. 104* de Beethoven con el que participarían en el festival. Le pidió a Manuel que la acompañara; resolvieron viajar juntos y luego de la presentación pasar un par de noches en Montreal y, de regreso, quedarse unos días en Nueva York.

Amar a Manuel le abrió a Sofía un mundo nuevo al que en un principio se negó a entrar por un temor del que, a estas alturas de la relación, ya no quedaba rastro. Manuel se ganó su corazón a fuerza de demostrarle su amor de modo incondicional. Fue comprensivo frente a sus resquemores; fue tolerante frente a sus incertidumbres; respetó sus prioridades -aun a costa de él mismo-, y la apoyó en la práctica del chelo y en su pasión por la música. Estuvo a su lado el día en que murió su abuelo y en todos los trámites para el entierro. La ayudó a ordenar algunos asuntos de la hacienda -que heredó junto con su hermana-, y no transcurrió un solo día, desde el primer beso, en que no le hubiese expresado sus sinceras palabras llenas de ternura y pasión.

Ese mundo pleno de amor lo reflejaba cuando interpretaba el chelo: en aquellos pasajes en que al violón le correspondía expresar la emoción del amor, ella empapaba el sonido del mismo sentimiento que habitaba en su corazón. El cambio era notorio, pues antes expresaba el amor como una idea, y esto lo notaba el director del quinteto que era una persona muy sensible. Desde que amaba y se sentía amada, lo expresaba como ese sentimiento que vivía, como esa pasión que la envolvía, de modo que cualquier persona medianamente sensible -con excepción de Rocky Balboa- era capaz de sentirlo. Algo parecido sucedía con las otras emociones que buscaba transmitir cuando interpretaba su instrumento. Sabía de penas y de angustias; de temores y melancolías; sabía de paz y armonía; de calma y sosiego. La vida le había dado, en sus escasos treinta años, algunas de las experiencias dulces y amargas que toda vida tiene.

29

Una mañana, como todos los días, fui a la Universidad a dictar mis clases. Hablé sobre Alejo Carpentier y la literatura barroca. Me iba muy bien, sentía que a los estudiantes les gustaba la materia. A la salida, en el corredor, me esperaba la asistente del Decano. En cuanto me vio, me dijo: mi jefe quiere hablar contigo. Fui al Decanato y hablamos. Él manifestó que mis evaluaciones eran muy buenas, que mis alumnos estaban muy contentos, y me propuso que dictara literatura comparada en el próximo ciclo doctoral. Me alegré mucho, le agradecí y acepté. Más trabajo, más responsabilidad, mayores ingresos, aunque menos tiempo para escribir. Bueno, ya veré cómo lo hago, me dije, quien no se amaña, no se apaña.

Salí feliz de la Universidad -hacía una linda mañana soleada- y, como siempre, tomé un taxi y me bajé en Juncal y Suipacha a tomar un café en el bar del Socorro. Me senté en mi mesa junto a la ventana y al rato el gallego José me trajo mi expreso doble. Inmerso en mis pensamientos, ideaba cómo afrontar la nueva cátedra; necesitaba encontrar unos antiguos apuntes. Me distraje al ver, como usualmente ocurría, al viejo caminar con su perrito y, por supuesto, luego de unos minutos, pasó la señora con su bolsa, y también, como no podía ser de otra manera, la flaca divina, que no me miró, como siempre, pero que estaba más linda que nunca. Todo hasta ese momento era normal, una vez más contemplé la misma película que miraba desde hacía varios años. Seguía en mis pensamientos, tomaba mi café, cuando de repente, entre la gente que iba por Suipacha hacia Juncal, vi que venía caminando Manuel Gandía.

Sentí un miedo terrible, temblaba. No sabía qué pasaba. Lo que veía era imposible, simplemente no podía ser. Estaba sorprendido, y sentía un profundo y fuerte estremecimiento. Estaba paralizado y seguramente tenía la boca abierta. No hacía más que mirarlo en medio de mi más absoluto desconcierto. Era Manuel, mi creación. No podía ser otro, sino él. No digo que la persona que andaba por la calle fuera muy parecida o idéntica al personaje de mi relato, aquel que yo imaginé y sobre quien escribía. No. Quien caminaba por Suipacha hacia Juncal era Manuel Gandía. En vivo y en directo, en carne y hueso.

Manuel iba por Suipacha, por la vereda de la iglesia, hacia Juncal. Parecía muy tranquilo, no tenía ninguna expresión especial en su rostro. Cuando llegó a Juncal tomó a su derecha, hacia Esmeralda. Vestía un pantalón gris y una chaqueta azul.

Salí del bar y comencé a seguirlo. No podía creer lo que ocurría y no quería pensar -no era el momento- en la imposibilidad de ello. Más bien, disfrutaba de la admiración y extrañeza que producen la perplejidad, gozaba de la alegría que ocasiona vivir un suceso extraordinario.

Manuel caminaba al ritmo de los peatones, como uno más de ellos, y yo iba detrás de él a corta distancia. En Basabilbaso cruzó a la vereda de enfrente por el paso peatonal; hice lo mismo. En la esquina siguiente curvó a la izquierda y siguió hacia Retiro. ¿Qué hacía por ahí? Se suponía que a esa hora él debía estar en el consultorio curando el dolor de muelas del abogado Bedoya o calzando una caries al arquitecto Urruti; pero no, fuera de toda lógica, apartado de su rutina, caminaba hacia la estación de trenes.

Al entrar se acercó a una boletería y se puso en la fila. Hice lo mismo, justo detrás de él. -Me aproximé un poco para olerlo, pero no olía a nada. Me llevaba más de una cabeza, era enorme. Su espalda era muy ancha, parecía la del jugador de rugby que estuvo en el almuerzo del Flaco-. Escuché que pedía un boleto para Olivos; hice lo mismo. -Era la primera vez que escuchaba su voz, esa voz prodigiosa, tocada por los dioses. Escuchar la dulzura y gravedad de su timbre de voz me conmovió y, a la vez, me generó un sentimiento de ternura hacia él. Sentí como si fuera la voz de mi hijo, del hijo que no tengo, que o escuchara luego de años de no verlo, de extrañarlo-. El próximo tren salía a las 13h00. Mientras el empleado buscaba las monedas para darme el cambio, vi que Manuel caminaba hacia las plataformas. Yo no quería perderlo de vista, pero el empleado se demoraba. Cuando finalmente me dio mi dinero, ya no lo vi, así que caminé apurado hacia los andenes. -Mi estupor inicial no disminuía; sentía que vivía un suceso portentoso, como si finalmente hubiese logrado entrar al espejo, como si finalmente hubiese logrado encerrar el arcoíris en un frasquito-. Fui hasta el andén que correspondía al tren que salía a las 13 horas hacia El Tigre, y que pasa por Olivos, pero no lo vi. Tal vez se detuvo a comer algo; todavía faltaba más de una hora. Fui entonces hasta una cafetería, lo busqué entre la gente, pero no lo vi. Ya que estaba ahí, aproveché para comerme, al apuro, un sándwich con una Coca-Cola con hielo.

En cuanto terminé, salí a buscarlo por un lado y por otro; al ser tan alto como era, sería fácil distinguirlo, pero no lo veía por ninguna parte. Comencé a preocuparme, no quería perderlo de vista, no quería dejar de sentir la dicha del asombro y la atracción del misterio. Ya cerca de las 13 horas me fui al andén. Había un gentío amontonado a lo largo de la plataforma en espera del tren, que ya se lo veía venir a lo lejos. Caminé entre la multitud, pero no vi a Manuel. Llegó el tren, bajaron los pasajeros que llegaban y subimos los que nos íbamos.

Ya a bordo, comencé a buscarlo. Sentía mi corazón latir con fuerza, anhelaba el instante de encontrarlo, de tenerlo frente a mí. Yo estaba en uno de los vagones del medio, así que decidí caminar hacia delante, buscar con detenimiento y, si era necesario, caminar de regreso hacia el último vagón. Eso hice. Había mucha gente; todos los asientos estaban ocupados; también muchos pasajeros permanecían de pie. Fue difícil abrirme paso, pero debía encontrarlo. Caminaba despacio, buscaba por todos lados. Me costó abrir las puertas de los vagones; estaban muy atascadas. Fui hasta el vagón delantero y no lo encontré. Entonces emprendí el camino de regreso. Buscaba de asiento en asiento y entre la gente que estaba parada. Nada. Fui hasta el último vagón y nada. Estaba desconcertado. Era imposible que no estuviese, yo vi que compró un boleto para el tren de las 13 horas que iba hasta El Tigre y paraba en Olivos. Manuel tenía que estar ahí. Lo más probable era que yo no lo hubiese visto, tal vez se me pasó, así que emprendí otro viaje hacia el vagón delantero.

Mi expectativa de encontrarlo era enorme, sentía una dicha desconocida, como si estuviera a punto de alcanzar el sueño más anhelado. Más de una persona protestó al verme pasar otra vez, ya que realmente molestaba al abrirme paso entre los pasajeros. Fui más despacio que la primera vez, miré aquí y allá con más detenimiento, entre los parados y los sentados. Creo que mi afán de encontrarlo me hizo creer más de una vez que lo había hallado; pero no, ninguno de los hombres que veía desde atrás con cabeza grande, el pelo negro y ondulado, correspondía a Manuel. Llegué con dificultad hasta el primer vagón, pero no lo encontré. Concluí que no estaba. Lo más probable era que no hubiese tomado ese tren. Mi aventura se había acabado. Me sentía triste, desilusionado. Decidí bajarme en la primera estación y tomar el ferrocarril de regreso.

Camino a casa no quise ahondar en mi pena de no haber encontrado a mi personaje; más bien me puse a pensar que, no obstante haber sido yo quien imaginó a Manuel -como al resto de personajes de esta novela-, el hecho cierto, incontrastable, era que existía más allá de estas páginas, afuera, en las calles de Buenos Aires. Entonces, me decía, Manuel Gandía no era un personaje de ficción. No era un invento mío. Existía, o, al menos, caminaba y compraba boletos para el tren. Y eso era desconcertante. Asombroso. Pero, al ser un invento mío, como de verdad lo era, al ser el producto de mi imaginación, ¿cómo era posible que caminara por las calles como si nada?

Lo que había ocurrido se salía de toda lógica y trascendía toda experiencia. No recordaba que en los anales literarios hubiese registro de algo parecido. Tal vez le hubiese sucedido algo similar a algún otro escritor, pero yo no lo sabía. En muchos casos los personajes desbordan a sus autores, los superan, toman sus propios derroteros, dicen y piensan cosas que el escritor jamás siquiera concibió, lo cual no sólo es inverosímil sino que ocurre con más frecuencia de la que los autores lo confiesan. Pero eso es muy diferente de lo que sucedió conmigo en esta ocasión.

Me preguntaba si, acaso, los personajes a los que yo di vida en estas páginas se declararon en rebeldía y comenzaron a hacer de las suyas, prescindiendo de su creador. Suele suceder. (A mí ya me ocurrió, como lo conté en el primer capítulo de esta obra.) Los personajes a veces se sublevan, hacen lo que les viene en gana y, simplemente, no se dejan escribir sino a su antojo. ¿Había llegado el temido e inusitado momento en que los papeles se invierten y el escritor no es más que un títere en manos de sus creaturas imaginadas?

Había leído de la pluma de varios autores, que un escritor es como un dios, omnipotente y omnipresente, todopoderoso, capaz de insuflar un espíritu a sus creaturas moldeadas con palabras, y, una vez creadas, darles alas y soltarlas a volar a su libre albedrío. Pero ello ocurría siempre dentro de las páginas del libro, nunca fuera de él, menos aún en las calles de la ciudad. ¿Había conseguido, sin proponérmelo, lo que en el fondo pretende todo creador? ¿Había logrado ser un deicida -como decía Vargas Llosa respecto de García Márquez-, y había sido capaz de dar vida real a mis propias creaturas a mi imagen y semejanza?

Pero, me preguntaba, ¿cómo pudo suceder?

En este punto de mi narración debo confesar -aunque me pueda costar mi prestigio como escritor- que mientras escribía esta historia trataba afanosamente de relatar el viaje de Sofía al festival en Canadá y su brillante participación cuando interpretó el *Quinteto para cuerdas en c menor, Op. 104* de Beethoven; pero simplemente, no pude hacerlo. Sofía no se dejaba escribir. No quería y punto. Y cuando una mujer dice que no, es no. Entonces me di cuenta de que había perdido la llave para siempre…

Llegué cansado a mi departamento. Abrí la nevera y encontré dos pedazos de pizza que, a pesar de que eran de hace varios días, los devoré tras calentarlos y echarles un poco de orégano. Adoro la pizza. Luego de comer, decidí acostarme un rato en el sofá de la sala. Desde ahí pude ver que el pájaro seguía atrapado en la ventana.

30

Uno de esos días, un día cualquiera, cuando regresaba de dar clases, hice mi consabida parada en el bar del Socorro. Era más tarde de lo que solía ir, porque ya daba literatura comparada a los estudiantes del doctorado, y entonces salía de la Universidad dos horas más tarde de lo usual. Entré al bar; mi mesa de siempre estaba ocupada; me senté en otra que daba a la ventana sobre Juncal, no sobre Suipacha, como me gustaba. El gallego José me sirvió mi expreso doble. Lamenté que por ser más tarde de lo usual ya no vería mi película de siempre. Cuando de manera distraída le di un vistazo a la clientela, vi que en una mesa del fondo estaba sentado alguien que, visto de atrás, parecía ser Manuel Gandía. Otra vez mi corazón latió con fuerza, podía escucharlo retumbar dentro de mi pecho. La emoción que sentía me desbordaba.

Desde donde yo estaba sentado no tenía el ángulo de visión adecuado para comprobar mi sospecha. Por más que me esforzaba, no lograba ver nada más que su cabeza desmesurada y su pelo negro ondulado. Observé que nadie más estaba sentado en su mesa. No podía ver nada más, perdía mi tiempo intentándolo, no lograba nada, así que me dediqué a mirarlo con un ojo mientras con el otro miraba por la ventana y esperaba ver el instante en que se moviera o se levantara para entonces sí mirarlo bien y confirmar o negar mi sospecha. Era otoño; estaba nublado, pero no llovía; la gente caminaba apresurada, cada cual en su mundo, ensimismados, y recordé un grafiti que decía "A veces mi pasa que mi insimismo". Esperaba cada vez con mayor expectativa, quería volver a vivir la tormenta, la tempestad con rayos y truenos, cuando sentí un agujero en el estómago que clamaba por un sándwich de lomo, completo, con una Coca-Cola con hielo, que lo pedí sin perder tiempo, pero justo en el momento en que le di el primer mordiscón y un chorrito de mayonesa resbaló sobre mis dedos, el supuesto Manuel Gandía se levantó y se fue.

Era él. Otra vez. No me cupo la menor duda.

Lo confirmé cuando se levantaron sus dos metros de altura, se puso de frente hacia la barra -es decir, de frente hacia mí-, y con una sonrisa gigantesca -su amplia y generosa sonrisa de siempre- le dijo chau al gallego José, y sin más, se fue.

Esa vez no lo seguí. ¿Para qué? Ya estaba claro que Manuel no sólo que deambulaba por mi barrio, sino que tenía la osadía de entrar a mi bar, al bar del Socorro donde antes él no iba y donde yo solía ir desde que era un adolescente. Terminé de comer, pedí la cuenta, le dije chau al gallego y me fui a casa.

Mientras caminaba sentía la emoción inenarrable de haber visto nuevamente a mi personaje imaginado ahora convertido en un ser real. Sumido en esa dicha, en la alegría que produce lo prodigioso, no quise escuchar la voz de la razón que me decía: Pedro, déjate de joder, esas cosas no son posibles. Opté por dejarme llevar por esa sensación, total, me decía, no le hago mal a nadie y es una delicia. Hice una siesta y después comencé a preparar clases. Tenía mucho trabajo. La nueva materia me costaba más esfuerzo de lo previsto. Tenía muchos temas que consultar y conocer a fondo; el nivel de los estudiantes del doctorado era mayor que el de la licenciatura, por lo que muchas veces preparaba clases hasta muy entrada la noche.

Durante esos días también intenté retomar esta historia y desarrollar el capítulo de Sofía en su viaje con Manuel a Canadá, pero no pude. Comenzaba unas líneas y el relato no fluía. Lo borraba e intentaba otra vez. Nada. Una y otra vez y nada. No podía escribir. Los escritores de ficción sabemos que cuando se seca el cauce del río no queda más que esperar que vuelva a ocurrir el milagro. Eso hice. Seguí mi vida, mi rutina, en espera de que en otro tiempo retornara la luz a mis tinieblas.

Una de esas tardes di la charla en la Cámara del Libro. Me gustó ver la sala llena, muchos jóvenes, algunos estudiantes de la universidad, y pocas aves de rapiña en espera de la primera inconsistencia para saltarme al cogote. Al fondo de la sala había dos mujeres que, por turnos, filmaron mi presentación. Si bien se parecían mucho entre sí, como si fueran hermanas, pude observar que la una era castaña clara, por así decirlo, y la otra una rubia con el pelo recogido. Me extrañó no verlas al momento de los aplausos. Del foro posterior a mi charla, me sorprendió el calificativo de "realismo insólito" que uno de los asistentes le dio al conjunto de mi obra.

Días después fue a verme una ex estudiante a mi casa. Poca gente conocía dónde vivía; me extrañó que Pilar hubiese dado conmigo. Me pidió que la guiara en la preparación de unos capítulos de su tesis de grado. Le di algunos consejos; quedó en volver la semana entrante para que yo revisara su trabajo. Ya me había olvidado de Pilar, cuando una semana después escuché su voz en el portero eléctrico. Subió. Llevaba el pelo suelto. Me gustó en cuanto la vi sacarse su abrigo y pude atisbar su figura. Tomamos una taza de café y cuando terminé de echarle un vistazo a sus papeles y observé que en forma repetida miraba mis labios, la besé. Hicimos el amor hasta cerca de la medianoche. Dejó su olor en mi cama, su delicioso aroma a mujer mezclado con mis efluvios de hombre solo y hambriento. Desde esa ocasión me visita de vez en cuando. Nunca sé cuándo será la próxima vez, o si habrá una próxima vez. Ojalá regrese mil veces, me gusta mucho. Y no pide nada a cambio.

Las cosas marchaban bien en la Universidad. Una primera evaluación de cómo me iba en el doctorado concluía que la mayoría de alumnos me consideraban "excelente". El resto me calificaban como "muy bueno", ninguno como "bueno", "regular" o "malo". Si seguía así, no sólo que el Decano me daría más clases en el próximo ciclo, sino que estaría en capacidad de pedir un aumento de sueldo. Estaba contento, aunque tenía mucho trabajo.

Ya había entrado el otoño cuando vi otra vez a Manuel. Me estremecí; un fuerte temblor recorrió mi cuerpo. Sentí, igual que en la primera ocasión que lo vi, la perturbadora dicha que produce el asombro: una mezcla de miedo y fascinación. Me hallaba nuevamente frente a un suceso excepcional que alteraba la realidad de manera repentina y me ubicaba en otra dimensión, nueva y desconocida, donde todo podía suceder. Fue en el mismo lugar y a la misma hora. Esta vez yo estaba en mi mesa de siempre, con la ventana hacia Suipacha. Lo vi entrar en el instante mismo en que tenía entre mis manos un mixto tostado y una Coca-Cola con hielo. Esta vez sí, lo vi completamente de frente. Llevaba en su rostro una expresión que no conocía -se supone que yo conocía todo de él-, una expresión de pleno regocijo. ¿Qué habrá sucedido en su vida?, pensé; ¿qué le causaba tanta alegría?

Se sentó en una mesa lejos de la mía, en esta ocasión frente a mí. Ahí estaba Manuel Gandía, colosal, todo él gigantesco, y en verdad, como creo haberlo escrito, o imaginado, más que hermoso era sorprendente. No era feo, para nada, pero eso sí, se parecía a esos rostros que pintaba Arcimboldo. Evitaba observarlo mucho; conociéndolo como le conocía, sabía que le hubiera incomodado. En forma disimulada me di cuenta de que había pedido una Coca-Cola con hielo. Me alegré; en algo nos parecíamos. Los dos teníamos buen gusto. Mantenía esa expresión de dicha en su semblante aunque percibí que también estaba impaciente. Lo noté por varios detalles. Cruzaba y descruzaba sus largas piernas. No estaba quieto un solo instante. Miraba a diestro y siniestro. Revolvía con sus enormes dedos los hielos dentro del vaso. Se tomó su Coca-Cola de un solo trago y pidió otra, en otro vaso, con otros hielos. Pero cuando me di cuenta de que no dejaba de mirar hacia la puerta, comprendí que esperaba a alguien. Entonces, mi expectativa creció, yo temblaba de emoción, pensé que tal vez ahora sí conocería a Sofía, a mi Sofía, a mi bella chelista, sensual y sensible, a la encarnación de la música y lo bello.

Ya había terminado mi sándwich de jamón y queso, pero como seguía con hambre pedí uno de jamón y lechuga. Mientras comía, no dejaba de observar a Manuel, aunque con disimulo; no quería resultarle impertinente. Cuando ya había dado buena cuenta de mi almuerzo y ya estaba satisfecho, me acerqué -tembloroso y lleno de júbilo- a la mesa donde estaba Manuel Gandía. No sé de dónde saqué fuerzas para hacerlo, aunque debo confesar que suelo ser bastante impetuoso, a veces inclusive temerario.

-Hola, discúlpame, soy Pedro Mayalde, escritor y profesor de literatura en la Universidad de Buenos Aires.

Lo tenía frente a mí; al fin podía mirar en el fondo de sus ojos negros. Era tal cual como lo concebí aunque me pareció un poco más joven, mejor afeitado y con la piel más lozana de lo que lo imaginé. Manuel debió mirar mi expresión de conmoción mezclada con la ternura que me producía, por lo que traté de disimular mis sentimientos, temí que pudiese pensar que mis intenciones fuesen otras.

-Sí, mucho gusto.

-Estaba sentado en la mesa de enfrente...

-Sí, te vi...

-Sí, perdóname, pensaba que eres muy parecido, si no idéntico, a un amigo mío.

-¿De verdad? Qué coincidencia. ¿Y cómo se llama tu amigo?

-Bueno, más que un amigo, es uno de los personajes de la historia que escribo.

-Me parece una gran coincidencia.

-¿Me puedo sentar un minuto?

-Sí, claro.

Escuchaba su voz prodigiosa, ligeramente grave, aunque melodiosa; me daba cuenta de que Manuel no hablaba desde la garganta, menos aún desde su nariz -un poco más grande de lo que la imaginé-, sino que hablaba desde más adentro, volcaba todo sus ser en sus palabras.

-¿Esperabas a alguien? -le pregunté.

-Sí, a mi novia, pero me llamó a decir que demoraba un poco.

Al escucharle decir "mi novia", mi conmoción llegó a un límite extremo; la perplejidad que sentía me desbordaba. ¿Sofía también existía? ¿De verdad? ¿La vería entrar por la puerta? Mi turbación era exorbitante, me costó mucho sujetarla.

-Bueno. ¿Quieres tomar algo? Yo voy a pedir un café -le dije con voz exaltada que, pensé, Manuel la habría distinguido claramente, más todavía con su oído absoluto, que, reflexioné, no sólo podría determinar a qué notas musicales correspondían los sonidos, sino qué sentimientos reflejaban. También pensé que, sin duda, habría clasificado enseguida mi tono de voz, *sol* menor, *si* bemol, qué sé yo, como acostumbraba.

-Sí, yo también, gracias -respondió, mirándome con tal intensidad que sentí que me escrutaba hasta el fondo de mi alma. Recordé enseguida la mirada de mamá; así me observaba cada vez que regresaba a casa, con gran curiosidad, tratando de indagar cómo transcurrió mi día, cómo estaba, qué me pasaba.

-Bueno, te decía que soy escritor, ya he publicado tres novelas, y aparte doy clases.

-¿Cómo me dijiste que te llamabas?

-Mayalde, Pedro Mayalde.

-Me suena, tal vez alguien me habló de alguno de tus libros.

Al decirle mi nombre me di cuenta de que Manuel se turbó, como si algo supiera, como si algo sospechara, como si algo temiera.

-Puede ser, se hicieron algunas ediciones; y tú, ¿a qué te dedicas?

-Soy dentista.

Su respuesta llevó mi perplejidad al borde de la locura. Ocurría un prodigio y yo lo presenciaba. No podía creer lo que pasaba; pero, a la vez, quería creer que ese suceso inexplicable estaba ocurriendo. La sensación era maravillosa.

-Ajá, ajá. Bueno, eh… Yo tengo algunos amigos dentistas, tal vez conozcas a los Beines, Martín y Florencia, aunque son un poco más viejos que nosotros.

-No, no me suenan, hay muchos, es una profesión muy competida, creo que como todas.

-Y sí, ahora la cosa está muy complicada, los chicos sacan títulos por montones y así y todo no consiguen trabajo.

-Sí, así es, es una desgracia… Perdóname un minuto, tengo una llamada.

Manuel salió a la calle a contestar la llamada. Yo no salía de mi estupor -tampoco quería salir de él, ¿quién quiere que el orgasmo termine?-. Al poco rato regresó, fue directo a la barra, pagó y salió apurado, haciéndome un chau con la mano levantada.

Se había ido, pero yo seguía fascinado, bailaba en la luz que proyectaba el prisma, sumergido en los haces de colores que, según Manuel, emanan de la música mientras suena. Me entristeció que se hubiese ido y que, como pensé, también perdiese yo la oportunidad de conocer a su novia, que, no dudaba -no podía ser de otra manera-, debía ser Sofía.

Al rato se acercó el Gallego José, me preguntó si quería algo más.

-No, gracias -le dije, y enseguida le pregunté:

-¿Por si acaso conoces a la persona que estaba conmigo y que acabó de salir?

-No sé cómo se llama, pero últimamente no viene por aquí. Me parece un tipo raro, a veces habla solo, lee unos papelitos en voz alta y se queda horas mirándolos. El otro día se olvidó uno sobre la mesa, lo tengo por adentro, lo guardé porque me pareció muy curioso, ¿quieres verlo?

-Sí, claro -le dije entusiasmado y sintiéndome ya no en el borde de lo imposible, sino plenamente sumergido en la inescrutable geometría de sus límites, en sus cosenos e hipotenusas.

Minutos más tarde volvió el gallego, caminando con las piernas abiertas, como siempre. Llevaba un papelito en la mano que leía mientras avanzaba hacia mi mesa.   -Mira, aquí está -me dijo, extendiéndolo hacia mí.

Lo tomé entre mis manos y leí: "Manuel comprendió, entonces, que la soledad era ese vacío en que él moraba. Era ese espejo que sólo reflejaba su rostro."

No podía ser. Simplemente, no podía ser. Esto ya era el colmo. Las palabras que Manuel había copiado en ese papelito yo las había escrito días atrás en este mismo relato, cuando inventaba la relación que él tuvo con una tal Graciela. ¿Cómo era posible que él hubiese leído este texto todavía inconcluso e inédito? La turbación que yo sentí durante los últimos minutos, la dicha de disfrutar de un acontecimiento extraordinario, comenzaba a tornarse en la duda, la confusión y el miedo que acarrea la perplejidad. Ya no sabía en qué creer. Se habían difuminado los límites entre la realidad y la fantasía, entre lo posible y lo imposible. Me sentía como el pájaro de mi ventana, atrapado en un enigma insondable.

31

Luego de encontrarme con mi personaje en tres ocasiones, tenía la esperanza de volverlo a ver. En mis diarias paradas en el bar del Socorro esperé en vano que llegara en alguna ocasión. Pensé que simplemente no habíamos coincidido en las mismas horas, o que tal vez él no hubiese tenido necesidad de ir por esa zona un tanto alejada de la suya. De hecho, me pareció bastante 'fuera de libreto', y bastante extraño por no decir sospechoso, que Manuel hubiese ido a Retiro o al bar del Socorro en horarios en que usualmente está curando las muelas a sus pacientes. Además, hasta donde yo sabía, y lo sabía todo de él, aquellas no eran zonas por él frecuentadas.

Transcurrió el invierno, comenzó la primavera y no volví a encontrarme con Manuel. Un día, mientras tomaba un café en el bar del Socorro, le pregunté al gallego José si por acaso había ido por el bar aquel hombre muy alto, de cabeza enorme, con el pelo negro y ondulado, el de los papelitos. Me sorprendió su respuesta cuando me dijo que no iba desde la última vez que estuvo conversando conmigo.

Una noche en que descansaba panza arriba luego de una de las 'obsequiosas' visitas de Pilar -seguía sin pasarme su factura, temía no poder pagarla cuando finalmente lo hiciera-, pensaba que ya habían transcurrido nueve o diez meses desde la última vez que había visto a Manuel. A la mañana siguiente, un sábado, decidí ir a buscarlo a su departamento, en Posadas y Rodríguez Peña. Caminé por Posadas de arriba abajo, hacia Montevideo y hacia Callao, pero no pude determinar con precisión cuál era el edificio donde vivía. Entonces decidí detenerme en cada uno de los inmuebles sobre la calle Posadas y buscar su nombre en el directorio de los intercomunicadores. Misión imposible; en ninguno había nombres, simplemente decían 1A, 1B, 2A, 2B y así, sin dar el menor indicio de quién vivía allí. Opté, entonces, por timbrar en aquellos pocos edificios donde decía 'Portero'. De siete en que timbré, solamente me contestaron dos; ambos me dijeron que allí no vivía ningún Manuel Gandía. Los otros cinco, supuse, trabajaban de lunes a viernes, de modo que decidí volver la siguiente semana.

Ya en casa, busqué un directorio telefónico. El único que encontré era del año 1986. Luego de sacudirle el polvo, busqué Gandía, Manuel. No lo encontré. Es más, no había ningún Gandía. Llamé entonces a información y pregunté por el teléfono y dirección del señor Manuel Gandía. La señorita que me atendió -con una insoportable voz de cacatúa estreñida- me dijo que no había nadie con ese nombre. Le pedí de favor que buscara entre los odontólogos. Luego de unos minutos escuché su horripilante vocecilla que me decía que no registraba a nadie con ese nombre, que el más parecido era Gándara, Manuel Idelfonso Gándara.

Recurrí a los medios electrónicos, a los buscadores. Apareció solamente un Gandía, Juan Gandía y Borja, en Valencia, España. Recordé que Manuel había dicho que tenía unos parientes en el Viejo Mundo, así que le escribí a Juan Gandía diciéndole que yo era profesor universitario y escritor y que bla bla bla. Dos días después me escribió este señor Gandía a decirme que hacía más de cuatro siglos un Gandía de su familia se había ido al Nuevo Mundo y que nunca más supieron nada de él. Que tal vez a quien yo buscaba era su pariente y que si tenía alguna noticia que por favor le volviese a escribir.

El lunes, luego de dar clases, fui hasta la calle Posadas. Comencé a recorrer los edificios desde Callao hacia Montevideo. Me detuve en todos y cada uno; hablé con los porteros de todos los inmuebles de un lado y otro de la calle, y todos me dijeron lo mismo: aquí no vive ningún señor con ese nombre. A todos les insistí diciéndoles que tal vez yo estaba equivocado de nombre, pero que buscaba a un hombre muy alto, de cerca de 35 años, con una cabeza muy grande y el pelo negro y ondulado, y que para más señas era dentista. Todos me dijeron que nadie con esas características vivía en ese edificio. Insistí diciéndoles a todos y cada uno si tal vez hacía seis meses o un año vivía ahí el señor Gandía o alguien con esas características. Todos me dijeron que no. Insistí diciéndoles que 'tal vez usted hace seis meses no trabajaba aquí'. Todos me dijeron que trabajaban allí desde hacía varios años, el que menos llevaba tres años y medio.

Luego de mi estruendoso fracaso como detective, y ya cansado -hacía un solazo endemoniado-caminé por Juncal hasta el bar del Socorro. Había bastante gente, era la hora del almuerzo. Cuando terminé de comer un sándwich de lomo, completo, con una Coca-Cola con hielo, y me hallaba en medio de mis cavilaciones de cómo encontrar a Manuel, vi que entraba al bar la flaca divina, aquella que siempre caminaba por ahí y que nunca me miraba. Por cierto, no me miró y se sentó en una mesa cercana a la mía. No podía verla de frente, sino de costado, pero no me importó mucho porque todo lo que veía era estupendo. La había visto durante años pasar por la calle; ella era la tercera parte de la película que he relatado, luego del viejo con el perrito y la señora con la bolsa. La había visto tanto y durante tanto tiempo que todo en ella me resultaba familiar -su rostro, su figura, hasta su ropa-; pero, al mismo tiempo, me parecía insólito que uno de los personajes de la película se hubiese transfigurado en esa persona que ese mismo instante tomaba un vaso de agua, sentada en una mesa muy cerca de la mía. Tosí un par de veces a ver si llamaba su atención, pero no regresó a mirarme ni se dio por enterada. Estaba preciosa; ya de cerca, de tan cerca, era mucho más linda que en la película. Se me ocurrió -nunca lo había hecho- decirle al gallego José que yo pagaría la cuenta de la señorita, señalándola muy discretamente, que estaba sentada en esa mesa.

Esperaba ansioso el momento en que la flaca divina pidiera la cuenta para atenuar su sorpresa con la mejor de mis sonrisas galantes, cuando entraron dos chicas y se sentaron a su mesa. Las dos eran muy jóvenes, menores de treinta, y muy lindas, de pelo largo, liso y oscuro. Se pusieron a conversar de manera muy animada, pidieron algo de comer y beber, seguían hablando, por supuesto que las tres al mismo tiempo, luego pidieron café -ninguna me miró ni un solo segundo, pese a mis reiteradas toses-; no paraban de charlar y reír, cuando luego de un buen rato una de ellas le hizo la señal de 'la cuenta' al gallego.

Al cabo de unos instantes, el gallego -vivísimo como es- les pasó la cuenta y algo les dijo. Las tres regresaron a verme con cara de 'qué le pasa a ese tipo', mientras yo sonreía -seguro que con cara de perfecto idiota-, y miraba a la flaca divina que, por cierto, me pareció que se sintió más ofendida que halagada, pues sin mirarme en absoluto, pagó su cuenta, agarró su cartera y, junto con sus amigas, se fue haciendo sonar con estrépito los tacones de sus zapatos.

En fin, pensé, quien la sigue la consigue, y volví a ocuparme de mis asuntos.

Luego de unos pocos días se me ocurrió que podría encontrar a Manuel en la Universidad, en el coro donde cantaba, pero no recordaba qué Universidad era. Ya de regreso en casa -en cuanto entré vi que el pájaro seguía en la ventana- me acordé de que el coro se llamaba "Domenico Gaetano Maria Donizetti", así que otra vez tomé el directorio telefónico, busqué por todos lados, pero no encontré registrado ningún coro con ese nombre. Entonces llamé a información, pedí a la señorita -esta vez me atendió una con una escalofriante voz de bisagra- que por favor me informara los datos del coro D.G.M. Donizetti. Luego de unos minutos de espera volví a escuchar a la atroz bisagra parlanchina que me decía, 'lo siento, señor, no hay ningún coro con ese nombre'. No insistí más solamente para no escuchar otra vez esa voz desesperante, y cerré la llamada.

Luego de sacarme los zapatos y quedarme descalzo -hacía mucho calor- me fui a sentar en la poltrona de mi oscura y silenciosa despensa en busca de paz, pero era tal el calor que sentía, que preferí ir a sentarme en un sillón en la sala, cerca de la ventana donde seguía atrapado el pájaro. Me acerqué a verlo, me pareció que se había enflaquecido y que estaba ojeroso. ¿Debía intentar romper el vidrio con sumo cuidado para no lastimarlo y así facilitar su liberación? ¿O debía esperar a que el pájaro saliera del vidrio del mismo modo como entró? ¿Qué tal si quería quedarse ahí, qué tal si había escogido ese vidrio como su morada temporal o definitiva? ¿Cómo podía yo saberlo? Preferí no hacer nada y volver a mis asuntos. Tenía que preparar clases para el día siguiente, así que me concentré en ello y dejé el tema de Manuel para otra ocasión.

32

Unos días después, luego de dar clases y de comer algo en el Socorro, regresé a casa con la intención de llamar a todas las Universidades de la ciudad de Buenos Aires -menos a aquella en la que yo trabajaba pues sabía que en ella no había ningún coro- y preguntar por el coro Donizzeti. Pasé toda la tarde llamando a todas de una en una. Fue una tarea titánica. Ninguna tenía un coro, ni siquiera un grupo musical. Insistí en todas ellas y pregunté si tal vez prestaban o alquilaban un espacio para que cantase un coro o se reuniera un grupo musical. Solamente una -la Católica- prestaba una sala, pero para las reuniones semanales de un grupo religioso.

No tenía cómo encontrar a Manuel. Había agotado todas las posibilidades. No me quedaba más que tratar de contactar a Sofía Cattanei.

Una tarde fui hasta Las Heras y Pueyrredón a preguntar por ella en los dos edificios que quedan a un lado y a otro del local de las empanadas. No conocían a nadie con ese apellido, ni en el uno ni en el otro inmueble. Insistí con los porteros, pregunté si tal vez vivían allí dos hermanas solas. Los dos, cada cual en su tiempo, me miraron con cara de profunda desconfianza. Tuve que recurrir a mi currículum, decirles que era profesor universitario, mostrarles mi carnet de la Universidad, y expresarles mi urgencia de encontrarlas. Pese a ello y de que cambiaron de cara, los dos me dijeron que allí no vivían dos hermanas solas, ni siquiera una con ese apellido.

Mi desconcierto era total. No podía entender cómo era posible que no hubiera encontrado a Manuel por ningún lado, y que, por lo pronto, tampoco a Sofía. Sin embargo, creía que dar con ella sería más fácil. Tras comprar unas empanadas para la noche, regresé a casa y esta vez no busqué al quinteto Boccherini en el directorio, sino que lo hice directamente por internet. Encontré tres con ese nombre: uno en Roma, otro en Budapest y el tercero en Bogotá. No lo podía creer. Pensé en ir al día siguiente al Teatro Colón -donde Sofía se había presentado hacía más de un año- a preguntar por el quinteto.

Esa noche dormí pésimo, pues cuando conciliaba el sueño, 'el que sueña conmigo' me soñaba perdido dentro un caleidoscopio cuyas formas geométricas, yo una de ellas, cambiaban en forma constante. De ser un pentágono, pasaba a ser un triángulo y luego un romboide, y así, algo demencial. No sé cómo, pero amanecí en el sofá de la sala y no en mi cama donde me había acostado a dormir. Lo más raro fue que amanecí impregnado del aroma a magnolia de Graciela, la muchacha que fue el primer amor de Manuel.

Me duché y, sin desayunar -no tenía tiempo-, me fui a la Universidad a dar clases. A la salida me sorprendió la lluvia. No había llevado impermeable ni paraguas, así que me mojé hasta abordar el taxi que me dejó en el Teatro Colón. Empapado entré y pregunté en recepción quién me podría informar sobre un grupo -un quinteto de cuerdas, aclaré- que se había presentado allí. Mojado fui hasta la oficina del señor R. Lagarde. Me miró con cara de espanto cuando le mencioné al quinteto Boccherini. Me dijo que nunca se había presentado ese grupo en el Teatro Colón, y que, además, no conocía a ninguno con ese nombre.

-¿Tal vez usted conoce a una violonchelista llamada Sofía Cattanei?

-No, la verdad que no. No. Ni Sofías ni Cattaneis.

Insistí, pero me replicó en tono cortante.

-No tengo la menor duda. Llevo 23 años en el Colón. Poca gente sabe tanto de música y sus intérpretes como yo. No hay nadie con ese nombre o ese apellido. No lo dude.

Al salir, seguía lloviendo. Decidí caminar bajo la lluvia. Qué delicia.

Al llegar a casa me saqué toda la ropa -hasta mis calzoncillos estaban mojados-, me di un largo duchazo con agua caliente y me volví a vestir. Tenía hambre. Tomé mi paraguas y me fui a almorzar al restaurante de Arenales. No quería pensar en nada; estaba muy sorprendido de que en el Colón no conocieran al quinteto ni a Sofía. La sola idea me desconcertaba; preferí no seguir preguntándome sobre algo que aparentemente no tenía respuesta.

Unos pocos días después busqué en esta narración alguna pista adicional sobre Sofía; encontré que los lunes, miércoles y viernes practicaba en el Conservatorio Karl Jenkins de la calle Marcelo T. de Alvear y Paraná. Miré en la guía telefónica y, en efecto, allí quedaba la institución. Era cerca de mi departamento y ese día era miércoles, así que dejé todo lo que hacía en ese momento y corrí porque ya eran cerca de las 19 horas y, supuestamente, Sofía practicaba hasta esa hora. Mientras corría pensaba ilusionado que, si llegase a encontrarla, que si tan sólo llegase a verla… Y me detuve a preguntarme ¿qué? Si llegaba a encontrarla, ¿qué? ¿Qué pretendía, qué buscaba, qué quería? No lo sabía, la verdad, no lo sabía con certeza. Tal vez, me decía, quería experimentar nuevamente el terror que sentí cuando vi a Manuel por primera vez. -Porque recordar el terror, luego de sentirlo, es delicioso-. Quizás, me decía, quería sentir esa maravillosa sensación de extrañeza que produce contemplar un suceso extraordinario, algo que rompe la realidad, algo que nos conmueve y alegra, como el repentino surcar de un cometa por los cielos.

No lo sabía, pero de todas maneras corría desaforadamente a su encuentro. Al llegar a la bella casona clásica de fachada francesa, entré y le pregunté a la chica de recepción -un bombón con lentes redondos- si ahí practicaba el quinteto… No me acordé del nombre del quinteto. Debió ser por la feroz turbación que sentí -una fugaz lubricación- que deseaba comerme ese bombón de manera incontenible.

-¿A quién busca, señor?

-Bueno, eh…, busco a Sofía Cattanei.

En ese instante observé que el bombón palidecía.

-No, mire, aquí no hay nadie con ese nombre.

-¿Usted sabe si por acaso, hace unos meses, tal vez un año, practicaba aquí el quinteto…, un quinteto de cuerdas con nombre de compositor italiano?

-Acá hay cuatro salas y practican muchos grupos, no sé…, vienen a toda hora, esto está lleno desde temprano.

El bombón me respondía, pero estaba turbada. Se mostraba como apurada, ocupada, en todo caso, displicente, como diciéndome ya no me pregunte más y váyase de una buena vez. No la mandé al carajo porque quería obtener información, y porque estaba rebuena.

-Y, discúlpeme, ¿qué grupo está practicando justo ahora?

-A ver…, este momento sólo está el quinteto Boccherini en la sala uno.

-¡Ese mismo, Boccherini! ¡Boccherini! ¿Y ahí toca Sofía Cattanei?

-No, señor.

-¿Y, antes tocaba?

-No, señor, que yo sepa, no.

En ese mismo segundo me acordé de Daniel. Había un tal Daniel que tocaba en el quinteto y que fue novio de Sofía. Por ahí estaba, en alguna página.

-¿Usted conoció a Daniel?

Se lo pregunté poniendo toda mi atención en su reacción. El bombón miró para abajo, luego miró para el lado derecho, luego se acomodó los lentes sobre su naricita, me miró a los ojos y me dijo:

-Por acá han pasado muchos Danieles, ¿a qué Daniel se refiere?

-No sé el apellido, pero era novio de Sofía.

-¿Qué Sofía? -me dijo, clavándome sus ojos de bombón neurótico.

-Sofía Cattanei…, o cualquier otra Sofía, ¿hay o hubo alguna chelista con ese nombre?

-No, señor, ya se lo he dicho. Si no desea nada más, le pediría de favor que se retire porque estoy muy ocupada.

La miré una vez más y me fui. No quería dejar de mirarla; al fin y al cabo esos bombones nos reconfortan el espíritu aunque sea sólo en sueños; ojalá que *el que sueña conmigo* sueñe en que me como este bombón.

Y me fui a esperar al frente, a la salida, ya eran las 19 horas, ya mismo saldrían. Había mucho tráfico. (Marcelo T. de Alvear es una calle llena de colectivos, por ahí pasa el 57, el que tomaba con frecuencia para ir a Palermo.) Al cabo de pocos minutos vi cómo salían los músicos de uno en uno, con los instrumentos en la mano, pero pasaban los colectivos y me tapaban la vista; de todas formas logré ver por un instante que alguien, una mujer, con algo que parecía un chelo, se subió a un taxi y partió. Luego vi, con dificultad por el tráfico incesante, que salieron dos personas más y que caminaron hasta Paraná y doblaron hacia Paraguay.

Al final de cuentas, lo único que pude ver fue a esa mujer que portaba algo que podía ser un chelo y que se subió a un taxi. Sí, podía ser ella, en los fragmentos de segundo en que alcancé a mirarla entre colectivo y colectivo, la mujer que vi se parecía a la Sofía que yo había imaginado. Caminé a casa bajo la lluvia y apesadumbrado de no haber logrado ningún resultado. Decidí que el próximo viernes lo volvería a intentar. Esta vez iría a la hora en que Sofía entraba al Conservatorio, a las 17h00, y me apostaría en la misma vereda, no al frente.

Llegué a casa y dormí. Ya cuando era de noche me despertó un leve trino que venía de mi ventana. Fui a ver al pájaro y ahí estaba, parecía dormido, tenía los ojos cerrados. Tal vez soñaba en alguna pájara. Recordé que no había preparado mis clases para el próximo día. Trabajé hasta cerca de la medianoche. Comí dos manzanas y un puñado de nueces, y me fui a dormir.

A la mañana siguiente, después de clases, fui al bar del Socorro. Necesitaba poner mis ideas en orden. Al entrar vi que en mi mesa, en la que yo invariablemente ocupaba al lado de la ventana que da a Suipacha, estaba sentada la flaca divina. Me reí sin querer; me brotó la risa desde el fondo de no sé dónde y me fui a sentar a la barra. Por supuesto que ella ni me miró. Tenía esa manía de ignorar por completo todo lo que pasaba a su alrededor. Encerrada en la certidumbre de su belleza, no existía nada en el mundo aparte de ella. Lo primero que pensé fue que esta vez no le pagaría la cuenta. Recordé que la otra ocasión, la muy orgullosa, no aceptó que se la pagara. Sonreí y le pregunté al gallego si la conocía.

-Pues sí, hombre, desde hace un par de meses que viene casi a diario.

-¿Y sabes cómo se llama?

-He visto al paso, en su tarjeta de crédito, no por curioso sino porque debo conocer a mis clientes, que se llama Clara Lara.

-Trilu liru -le dije entre risas.

-Y, así se llama, mejor que llamarse Susana Horia.

-O Susana Torio- repuse, riéndome.

Y ocurrió el milagro. Clara Lara regresó a ver de dónde salían las risas y se encontró conmigo, con mi sonrisa de profesor universitario, con mi mirada profunda de escritor escrutador, con mi facha de intelectual con anteojos y barba cuidada. Me había visto, aleluya, con pestañeo incluido, aunque luego volvió a encerrarse en su fortín inexpugnable. Al menos ya me vio, pensé, ya existí para ella aunque fuese durante tres segundos, y bueno, me dije, quien persevera, alcanza. Sin embargo, no hice nada. No me acerqué a conversar con ella. No le pagué su cuenta. No le mandé a dejar con el gallego una notita con algunas palabras insinuantes, nada. Pero, por supuesto, mientras tomaba mi café la tenía en el extremo de mi ojo derecho. Comí no recuerdo qué con una Coca-Cola con hielo. Luego me tomé otro café. Y poco después vi, sin mirarla, que la Flaca pidió la cuenta y al poco rato se fue haciendo sonar sus tacones y moviendo su trasero. Una maravilla.

33

Llegó el viernes y quince minutos antes de las 17 horas me paré justo al lado de la puerta de entrada al Conservatorio. Ahora podría ver quién entraba y quién salía, sin que ningún 57 me tapara la vista. Al poco rato comenzó el desfile. Uno con un violín. Otro con otro violín. Una con un chelo, que, por supuesto, no era Sofía. Otro con otro violín. Y cuando dieron las 17h10 no entró nadie más. Si no había contado mal, faltaba uno. En un quinteto son cinco, no cuatro. Bueno, muchas cosas podían haber ocurrido por las cuales Sofía no había ido ese día al Conservatorio. No iba a perder el tiempo pensando en ellas y menos aún en escribirlas. Tuve la tentación de entrar sólo para deleitarme al contemplar al bombón con anteojitos; pero no, me sentía bastante angustiado como para hacerme el simpático, así que me fui a casa y decidí que regresaría otra vez el lunes.

Fui el lunes y también el miércoles, y en cada ocasión sólo entraron cuatro músicos con sus instrumentos y no cinco. Por supuesto, no vi a Sofía. Por supuesto, tampoco me animé a entrar a coquetear al bombón.

Pero me quedé con la sospecha. La reacción inicial del bombón, cuando le pregunté por Sofía, y luego su actitud hostil y distante, me hacían pensar que tal vez algo sabía y lo ocultaba. Quizás ocurrió que Sofía, advertida por Manuel de que su escritor -es decir, yo- continuaba en el intento mangonear sus vidas, alertó no sólo al bombón, sino también al portero de su casa y a medio mundo, de que si cualquier persona -es decir, yo- aparecía por ahí, donde quiera que sea, preguntando por ella, debían decir que no la conocían, que no sabían nada de ella, que allí no vivía, lo que fuere, pero no y no.

Debía agotar todas las posibilidades de encontrarla, así que una mañana, luego de clases, tomé un taxi hacia la Boca. Había un tráfico espantoso. Demoré cerca de una hora en llegar a la Usina del Arte. Entré. La persona encargada de darme la información que buscaba, el señor F. Bianculli, estaba con permiso por enfermedad. Posiblemente regresaría al trabajo el próximo lunes.

Al regresar a casa encontré el vidrio de la ventana manchado de caca de pájaro. Muchas manchas verdiblancas. Me asusté, no sabía qué pudo haber pasado. Me tranquilicé al observar que las manchas estaban en la parte exterior del vidrio. Tal vez un amigo, un hermano, su novia, la madre, alguien pajaril había venido a visitarlo.

Me saqué los zapatos, me acosté en el sofá y me puse a pensar que si no encontraba información de Sofía en la Usina del Arte me resultaría muy difícil hallarla de alguna otra manera y que, por lo tanto, tampoco encontraría a Manuel. Pensé que, por último, viajaría hasta la Patagonia a buscar la hacienda que le heredó el abuelo José Ignacio. No tenía más información de la que había consignado en este texto. No sabía el nombre de la hacienda; sólo sabía que quedaba en Neuquén, por Chos Malal, a orillas del río del mismo nombre de la provincia.

Pasé un fin de semana muy aburrido. Llovió sin parar todo el sábado y el domingo; no salí de casa ni para comprar algo para comer. Me las arreglé con pizza y empanadas, a domicilio. El domingo de tarde preparé clases y me fui a dormir temprano. Quería que pronto fuese lunes. Dormí mal, me despertaba a cada rato. De madrugada apenas escuché el trinar entusiasmado de un solitario gorrión que canturreaba de manera intermitente su alabanza al nuevo día, a esa falsa eternidad que creía percibir en la luz del alba. Sólo el gorrión trinaba, ningún otro pájaro gorjeaba de alborozo cantando a la vida eterna. Parecía que los mirlos y los cuervos y demás pajarracos del barrio hubieran sido avisados de la finitud de sus vidas y por ello lloraban en silencio cobijados bajo las hojas de los árboles.

Finalmente amaneció el nuevo día y fui a clases.

Más tarde, al salir de la Universidad tomé un taxi directo a la Usina del Arte. Había un tráfico para deprimirse, para lamentarse de haber nacido. El señor Bianculli me atendería en unos minutos. Entré. Me sorprendió el tamaño de su nariz y lo arrugada que era, se le caía hacia adelante por su peso y por la fuerza de la gravedad. Sobre ese monstruo rugoso yacían unos lentes negros y rectangulares. Era todo un cuervo siniestro. Le pregunté por Sofía. Nunca había escuchado hablar de ella. Le pregunté por el quinteto. Algo le sonaba. Le pregunté si por acaso guardaba los programas donde figuraban los grupos que se presentaron el año anterior. Me dijo que sí y, muy amable a pesar de su nariz, o precisamente por ella, se levantó, salió de la oficina y en segundos regresó con una descomunal carpeta en sus manos.

-Acá está todo lo del año pasado. Revísela, puede sentarse en aquella mesita.

Y me señaló con su mirada una mesa que quedaba afuera de su oficina. Comencé a revisar desde enero del año anterior, muy lentamente. Recordaba que Manuel había tenido el programa en sus manos y que inclusive algo mencionó sobre una foto. Revisé con especial cuidado, día tras día, y no encontré nada. Volví a revisar, desde enero, despacio, con mucha atención. Nada. Tal vez, pensé, no habría sido el año anterior sino el tras anterior. Le pedí al señor Bianculli que por favor me prestara la carpeta de ese otro año. Lo hizo.

Revisé despacio, día tras día, mes a mes. No encontré constancia alguna de que allí se hubiese presentado el quinteto Boccherini. En ambas carpetas, sin embargo, noté que en algunas semanas no constaba ningún programa, como si alguien hubiera hecho desaparecer esos folletines, o como si en esas semanas no se hubiese presentado nadie. Le pregunté al señor Bianculli si en esas semanas hubo algún espectáculo.

-En esas carpetas está todo. No falta nada -respondió con cierta brusquedad.

No insistí. Le agradecí y me fui de regreso a casa.

En el taxi me acordé de mi amigo Barros que vivía en San Martín de los Andes. Yo no podía ir hasta la Patagonia, no podía faltar a clases; tal vez él pudiese en algún momento darse un salto por allá a averiguar por los campos de Cattanei en Chos Malal, no le quedaba tan lejos como a mí.

Al llegar a casa llamé a Barros. Apenas se acordaba de mí, tanto tiempo sin saber nada el uno del otro. Me dijo que no le resultaba fácil ir hasta Chos Malal; que le quedaba bastante lejos, que estaba muy ocupado y que no tenía tiempo. Le pregunté si conocía a alguien por esos lares. Me dijo que no recordaba a nadie que anduviera por allí. Terminó diciendo que cualquier cosa me avisaría.

Esa noche, para mi fortuna, apareció Pilar. Salimos a cenar para cambiar de rutina. Fuimos a un restaurante en Basabilbaso y Juncal, todo excelente. Para los postres, fuimos a casa. Ya en el ascensor nos comimos a besos. Antes de llegar a mi cama, en el corredor, ya estábamos desnudos. Para variar, le dije que lo hiciéramos en mi sillón de la despensa. Le encantó la oscuridad y el silencio de mi refugio privado. Estaba poseída. Aullamos al unísono. Nos quedamos dormidos un rato. Luego se bañó -no quiso que yo entrara a la ducha a enjabonarla, una gran pena- y se fue. Nunca más regresó. Nunca más supe nada de Pilar. Alguna tarde de domingo la llamé por teléfono. Alguien me contestó y me dijo que ese número no era el de ella.

Pasó la primavera y llegó el verano. De vacaciones estuve en Pinamar, donde unos amigos. El mar me llenó de energía. Gané unos kilos. Anduvimos a caballo por los bosques de pinos. Montamos en bicicleta por todos lados, parecíamos niños. Recordé los días de mi infancia, cuando vacacionábamos con mi familia en esas playas.

En marzo retomé mis clases. Continué dando las dos materias; cada día me sentía mejor en la Universidad. Me aumentaron el sueldo, ganaba bien, me alcanzaba para vivir bien, sin lujos, pero sin privaciones. El rector de la Universidad me preguntó si me interesaba ser el próximo sub Decano de Letras. Me sorprendió y halagó a la vez. Le dije que le agradecía mucho y que lo iba a pensar porque estaba terminando mi cuarta obra -esta- y que por lo pronto no tenía el tiempo que me demandaría afrontar las nuevas responsabilidades. Me dijo que terminara de escribir en paz y que entonces hablaríamos.

El verano y el vertiginoso reinicio de clases me hicieron olvidar a Manuel y Sofía. Desistí de buscarlos a pesar de que no había resuelto el misterio.

Un día de otoño, al regresar de la Universidad y detenerme en el Socorro, vi que entraba Clara Lara, la flaca divina. No estaba seguro de si se acordaba de mí, apenas me miró unos segundos hacía ya varios meses. De todas maneras, al verla sola en su mesa, me acerqué.

-Hola, soy Pedro Mayalde, profesor universitario y escritor. ¿Me puedo sentar contigo?

-No, perdóname, prefiero estar sola.

-En mi doble oficio he aprendido que, a veces, el no es un sí disfrazado.

-No, en este caso, no es no.

-Puede ser un sí disfrazado de no, que a veces por tímido, a veces por temeroso, prefiere ocultarse con su máscara de inaccesible, de imposible, de lejano. Pero muchas veces ese no enmascarado sucumbe ante el cariño, la amistad, la confianza y las buenas intenciones.

-No, de verdad, gracias, pero prefiero estar sola.

-¿Sabías que te he visto caminar por esta calle desde hace muchos años, cuatro o cinco, y que desde entonces esperaba la ocasión de hablar contigo? Yo suelo sentarme justo a esta mesa, desde aquí te he visto pasar todas las mañanas desde la primera vez que te vi. Lo recuerdo muy bien, era a principios de otoño, exactamente el 7 de abril, y me acuerdo de esa fecha porque justo es el día de cumpleaños de mi padre. Yo estaba aquí sentado, tomaba un café y miraba por la ventana, cuando de repente pasaste caminado. En cuanto te vi sentí que amanecía dentro de mi corazón.

-No te creo nada -exclamó la Flaca, pero sentí en su tono de voz y en su mirada desafiante que quería seguir escuchándome.

-Recuerdo muy bien que ibas con cartera y botas marrones. Vestías un blue jean apretado, que te quedaba muy bien, y un suéter gris ceñido a tu cuerpo; también me acuerdo de que llevabas un pañuelo colorado anudado en tu cuello. Tenías el pelo suelto, como ahora, y nada, pasaste caminando y, por supuesto, no me viste. Pero yo sí te vi y cuando pensaba en ti me ponía feliz. Luego de esa primera vez, te veía pasar todos los días, cerca de las 11. Y cada vez que pasabas volvía a sentir al sol en mi corazón. Me acuerdo del abrigo gris que usas en otoño y en invierno; me acuerdo de tus suéteres, siempre negros, azules o grises y que ya entrada la primavera los cambiabas por tus bellísimas blusas blancas o celestes a rayas. No sé qué te ponías en verano porque no te veía pasar por la calle; te imaginaba en el mar o en las montañas, siempre tan linda y tan lejana. Te extrañaba en silencio. Esperaba que terminara el verano para verte pasar por esa vereda. Me acuerdo de una época, hace dos años, cuando te cortaste el pelo. Qué pena me dio. Por suerte, no tardó mucho en volver a crecer, aunque estabas igual de linda pero no tanto como ahora. Una semana entera que no apareciste, durante el invierno del año pasado, entré en pánico, creí que ya no vendrías, que te cambiaste de barrio o que algo te pasó. Luego, más optimista, pensé que tal vez te habrías ido de viaje y que pronto volverías. Estaba triste hasta que un día apareciste por esa misma ventana y volví a sonreír de la dicha. ¿Me puedo sentar un minuto y te sigo contando?

-Bueno, pero sólo un minuto, ¿eh?

Así fue como nos hicimos amigos. Me había enamorado de ella hace años, de tanto verla pasar, de tanto imaginar quién era, qué hacía, cómo se vería desnuda, cómo sería acariciarla y besarla. Me intrigaba mucho su olor, no sé por qué, y me preguntaba a qué olería. Me había enamorado de ella de tanto verla tan lejana, inalcanzable, invariablemente al otro lado de la ventana. Me parecía una fantasía, una entelequia producto de mi necesidad de crear una diosa para adorarla, para salir de mí mismo, de mi agobiante y solitario yo. Me costó muchísimo que me diera su número de teléfono. Me costó mucho más que aceptara salir conmigo. Fuimos a tomar café dos veces, a la tercera aceptó salir a cenar. No me daba ninguna señal de que yo le gustara, sólo me miraba con atención, me estudiaba; nunca esbozó una sonrisa coqueta, nunca me llamaba por teléfono, siempre era yo quien la buscaba. Llevábamos saliendo un par de meses -cine, teatro, caminatas- cuando finalmente aceptó venir a mi casa. Era un viernes de noche. La fui a buscar en taxi. En cuanto entramos a mi departamento y encendí las luces, me di cuenta de que el pájaro ya no estaba. Sin decirle nada a Clara, me acerqué a la ventana y comprobé, con estupor, que no quedaba huella alguna en el vidrio, como si nunca nada hubiese sucedido. Sentí pena. Ya estaba acostumbrado a él, inclusive le tenía cariño. Pienso que habrá regresado a su pájara vida, habrá volado hacia la plaza, hacia los árboles, debió saltar de rama en rama en busca de un lugar donde trinar cuando cayera la noche.

Clara dejó su bolso sobre una mesita, se sacó la chaqueta y me dijo que sí cuando le pregunté si quería conocer mi departamento. Miraba todo con curiosidad. Entró a mi habitación, se acercó hasta la ventana, miró hacia afuera, y luego se detuvo unos segundos a contemplar mi cama. ¿Qué habrá pensado? Enseguida entramos a mi despensa, le dije que escuchara el silencio, lo hicimos juntos por instantes y luego sonrió. No dijo nada al ver mi poltrona allí enclavada. En la sala se detuvo a mirar por la ventana. Apoyó su cabeza en el vidrio. Más tarde me di cuenta de que allí había dejado la impronta de su frente. Al entrar a la cocina me dijo que se notaba que no cocinaba nunca. De regreso en la sala se sentó en el sofá. Fui por un par de whiskys y al regresar me senté a su lado. Se había sacado los zapatos. Buena señal. Conversaba muy animada y echaba su pelo hacia atrás. Estaba preciosa. Olía a cítricos, a la flor del limonero, de la lima y la naranja. Una delicia. Me contó que tenía una gata negra que se llamaba Hermenegilda. Le conté que Manuel, uno de los personajes de una historia que estaba escribiendo, quería tener un gato al que llamaría Arquímedes. Luego subió sus piernas al sofá y extendió sus pies desnudos hacia donde yo estaba. Sentí que la amaba al mirar sus pies de niña, pequeños, hermosos y sin huellas de maltrato. Al segundo whisky le acariciaba sus pies, so pretexto de masajear sus puntos energéticos. Luego se estiró lo más que pudo y puso sus piernas sobre las mías. Otra buena señal. Los puntos energéticos pasaron de sus pies a sus pantorrillas. Qué abultada tersura. Luego, a sus muslos, el tibio sendero al paraíso. Al poco rato se sacó los aretes. Supe, de inmediato, que haríamos el amor esa misma noche.

En mi cortísima vida de amante he comprobado que cuando una mujer se saca los aretes sabe que pronto va a poner su cabeza sobre una almohada. Y claro, se los saca para que luego los aretes no se le claven detrás de las orejas en el delicioso fragor de la batalla. Cuando nos dan esa señal inconfundible hay que emplearse a fondo, con decisión, sin dar un paso atrás. Sin dudar. Lentos, pero seguros. Con firmeza y con ternura. Con la seguridad de que muy pronto se alcanzará la tan anhelada gloria.

Nunca creí que la Flaca divina llegaría a ser mi novia. Ya llevamos siete meses. Cada vez me gusta más, sé que estar enamorado es gravísimo pero no me importa, es maravilloso, además de inevitable. Desde que comenzamos a salir decidí correr el riesgo y lanzarme con todo. Sin miedo. Y hacer las cosas bien. Y triunfar.

Una mañana de diciembre en que iba a dar clases, salí por Esmeralda y tomé Sargento Cabral. Como invariablemente ocurría en esa calle, mi sombra no se proyectaba en el piso. Cuando llegué a Santa Fe, vi a unos metros delante de mí a una mujer rubia que con algo grande en la mano se subía apurada a un taxi. Los autos no avanzaban porque el tráfico iba muy lento y, además, el semáforo estaba rojo. Llegué sin apurar mis pasos hasta donde permanecía detenido el auto, y observé por la ventana hacia el asiento trasero. Logré mirar, pero justo ese momento el taxi arrancó. Era ella. Era Sofía. A su lado llevaba su violonchelo.